Manfred Siebald

Pitti lächelt

und andere Geschichten

Verlag GmbH · Giessen

5. Auflage 2018

© 2008 Brunnen Verlag Gießen
www.brunnen-verlag.de
Lektorat: Petra Hahn-Lütjen
Umschlagfoto: Shutterstock
Umschlaggestaltung: Ralf Simon
Satz: DTP Brunnen
Druck: GGP Media GmbH, Pößneck
ISBN 978-3-7655-1982-6

Inhalt

Das Klopfen	5
Einzugsermächtigung	14
Calamum cassatum	18
Ratschläge	33
Tom	38
Ein Virtuose	49
Der Vorhang	59
Pitti lächelt	75
Sommerschnupfen	87
www.lzm.org	96
Stille Nacht	107
Verrückt	119
Weihnachtskonzert	124
Einmal Bacchusplatz und zurück	133

Das Klopfen

Es war kein regelmäßiges Klopfen – wie man es in ganz stillen Nächten in sich selbst hört, wenn das Ohr auf dem Arm liegt und die Pulsschläge den Träumen den Takt vorgeben. Zum einen waren die Abstände zwischen den einzelnen Klopfgeräuschen mal schneller, mal langsamer. Zum anderen gab es auch längere Pausen. Die einzige Regelmäßigkeit bestand darin, dass es immer entweder zweimal oder dreimal hintereinander klopfte. Eine ganze Weile waren die Geräusche nun völlig verstummt, aber plötzlich hörte sie sie wieder. Sie horchte auf und drehte den Kopf zur Wohnzimmertür, aber bei genauerem Hinhören schien das Pochen doch eher aus dem Nachbarhaus zu kommen.

»Sag mal, hat es nicht grade geklopft?«, fragte sie ihren Mann. Doch der war so in sein Buch vertieft, dass er wohl nur Kanonenschüsse gehört hätte. Wenn da wirklich geschossen worden wäre.

»Nein. Ich habe nichts gehört.«

Das klang so bestimmt, dass sie einen Augenblick lang vermutete, selbst seit einer Weile akustischen Täuschungen aufgesessen zu sein. Nur das Ticken der alten, von einem Italienurlaub mitgebrachten Standuhr war noch zu hören. Doch als sie sich wieder dem interessanten Artikel über die Säkularisierung westlicher Industrienationen in ihrer Wochenzeitung widmen wollte, hätte sie schwören können, wieder ein zweimaliges Klopfsignal gehört zu haben.

»Doch, du. Da war es schon wieder.«

Immer noch abwesend knurrte er: »Ja? Keine Ahnung, was du meinst. Diese Biografie von Van Gogh ist wirklich hervorragend. Lass mich dieses Kapitel fertig lesen. Dann schau ich mal nach.«

»Nein, das ist mir jetzt langsam unheimlich. Sei doch mal ganz still.«

»Findest du, dass ich zu laut umblättere?«

In das regelmäßige Ticken der alten Standuhr hinein klopfte es tatsächlich wieder – diesmal etwas lauter. Zusammen mit dem Uhrgeräusch ergab sich dadurch für einen Augenblick eine Art Dreiertakt.

»Da – da ist es wieder«, stieß sie aufgeregt hervor, froh, sich doch nicht getäuscht zu haben.

»Ja, ja ... jetzt habe ich es auch gehört. Das ist bestimmt der Holzwurm in dem alten Fichtenschrank von deiner Mutter im Treppenhaus. Du wolltest dieses Möbel ja unbedingt ins Haus holen.«

»Fang nicht schon wieder *da*mit an. Außerdem knackt kein Holzwurm so regelmäßig.« Warum musste er immer die alten Reizthemen hervorkramen?

»Gut, dann war es halt ein Siebenschläfer im Dachstuhl, oder es war die Heizung, oder es hat irgendein Nachbar beschlossen, um halb eins nachts ein Bild aufzuhängen, und haut dabei immer wieder den Nagel krumm.«

Gegen ein solches Sperrfeuer von Erklärungsmöglichkeiten war sie nicht gewappnet, und so hüllte sie sich in ein resigniertes Schweigen. Im Zimmer herrschte völlige Stille – bis auf das Ticken der italienischen Uhr.

»Du, jetzt ist alles still«, sagte sie. »Richtig unheimlich.«

Leicht gereizt blickte er auf. »Was soll denn das jetzt schon wieder? Eben war dir das Klopfen unheimlich. Jetzt ist es das Nichtklopfen ...« Frauen war ihm schon immer ein Rätsel gewesen. Seine eigene Frau bildete da keine Ausnahme, und ihre intensive Einbildungskraft hatte ihn schon öfter verblüfft. Sie ließ sich einfach nicht mit rationalen Argumenten überzeugen. Auch jetzt nicht.

»Du verstehst das nicht, Robert. Ich stelle mir bei einem solchen Geräusch immer jemanden vor, der vor der Tür steht und hereinwill. Vielleicht hat er sich verirrt, oder er hat schlimmen Hunger, oder es ist ihm der letzte Bus weggefahren, oder er hat keine Telefonkarte und muss dringend den Notarzt anrufen ...«

»Du hast vielleicht eine blühende Fantasie. Wetten, dass bei uns niemand vor der Tür steht?«

»Vielleicht will er uns warnen, weil unser Dach Feuer gefangen hat. Oder er will uns sagen, dass unser Auto aufgebrochen worden ist. Ich glaube einfach, da steht jemand vor unserer Haustür.«

Nein, es hatte keinen Zweck, mit ihr zu wetten. Er schickte sich in sein Los, mit einer beeindruckend fabulierfähigen Frau verheiratet zu sein. »Gut, dann stell es dir halt vor, aber lass mich endlich in Ruhe mein Kapitel zu Ende lesen.«

Nun resignierte sie ihrerseits. Sie lasen weiter – er über Van Goghs Tätigkeit als christlicher Laienprediger, und sie über den Kontaktverlust zwischen Kirchen und Wissenschaften im 20. Jahrhundert. Doch es dauerte nicht lange, bis sie das produktive Schweigen brach.

»Jetzt hat er bestimmt den Mut verloren. Er klopft nicht mehr. Vielleicht ist er sauer, dass wir nicht aufmachen. Oder er horcht ganz still an der Tür, ob nicht doch jemand die Treppe herunterkommt. Meine Großeltern hatten im Schlafzimmer an der Wand einen alten Kunstdruck hängen, mit einem langhaarigen Mann, der vor einer Tür mit einem kleinen vergitterten Fensterchen steht und sich so vorbeugt, als könnte er schon jemand von innen zur Tür kommen hören. Ich sehe noch, wie sich um diese Tür irgendeine Art von Efeu rankte – genau wie bei uns unten. Kennst du vielleicht das Bild? Ich wünschte heute, ich hätte damals meinen Opa gefragt, wen das darstellte.«

Glücklich, dass sie auf ein Thema einschwenkte, das mit Fakten zu tun hatte, spulte er im Ton eines Vortragsreisenden seinen Expertenkommentar herunter: »Das war mit einiger Sicherheit die Bibelillustration *Christ at Heart's Door* von Warner Sallman, geboren 1892, gestorben 1968. Sie entstand 1942 und wurde wahrscheinlich inspiriert durch William Holman Hunts Gemälde *The Light of the World* von 1853, das im Oxforder Keble College hängt. Die Figur zwischen Mitte und linkem Bildrand ist Christus, und die dargestellte Situation basiert auf Offenbarung 3,20 – ›Siehe ich stehe vor der Tür und klopfe an. Wenn jemand meine Stimme hören wird und die Tür auftun, zu dem werde ich eingehen und das Abendmahl mit ihm halten und er mit mir.‹ Es ist eines der übelsten Beispiele für sentimentale amerikanische Spätromantik und wurde seit den 1940er Jahren in zahllosen Andachtsbüchern reproduziert.« Er gähnte. »Reicht das? Kann ich weiterlesen?«

Ihr Gesicht hatte sich während seiner kleinen, mit demonstrativer Langeweile vorgetragenen Vorlesung von einem ersten echten Interesse zu einer Art finaler Verzweiflung gewandelt. »Ach, ist das mal wieder typisch. Der Herr Kunsthistoriker weiß alles und versteht nichts. Für dich ist so ein Bild Kitsch und damit fertig. Die menschliche Situation – was das heißen kann, dass jemand vor einer Tür steht und wartet, warum und wie lange schon und wie lange noch – das alles interessiert dich nicht. Für mich ist das Bild immer noch lebendig. Ich sehe noch wie heute, dass diese Tür außen keine Klinke hatte und anscheinend nur von innen zu öffnen war. Und so ist es doch oft im Leben. Man steht draußen, will nicht einbrechen und muss warten, bis einem von jemandem im Haus geöffnet wird.«

Genau in diesem Moment klopfte es wieder. Sie sprang fast auf und zeigte auf das Fenster.

»Da – da war es wieder! Das war draußen. Das musst du doch jetzt gehört haben!«

Gereizt legte er seine Lektüre auf den

Couchtisch neben sich. »Ja, ja, ist ja schon gut. Reg dich nicht so auf. Ich werde jetzt nachsehen, und wenn niemand unten vor der Tür steht, versprichst du mir, mich in Ruhe zu lassen. Einverstanden?«

Er stand auf, ging vier Schritte zum Fenster, schob die Gardinen beiseite, öffnete einen Fensterflügel und beugte sich weit hinaus. Sein Kopf bewegte sich von rechts nach links, beugte sich nach unten und drehte sich schließlich wieder zurück ins Zimmer. Mit einem kräftigen Ruck schloss er das Fenster.

»Lass dir hiermit in aller Sachlichkeit erklären, dass ich niemanden vor unserer Haustür gesehen habe. Da stand kein vom öffentlichen Nahverkehr im Stich gelassener Zeitgenosse und kein akut erkrankter Passant ohne Telefonkarte und kein um unser Dach oder unser Auto besorgter Nachbar. Ich hoffe, dass dir das genügt und dass ich nun den Rest meines Kapitels lesen darf. Ich habe den gesamten Eingangsbereich überblicken können und circa einhundertundfünfzig Meter Straße und Bürgersteig zu beiden Seiten. Da steht niemand – und auch kein Jesus.«

Der Triumph in seiner Stimme raubte ihr die Worte. Er ging wieder zu seinem Sessel, setzte sich und schlug die Beine übereinander. In dem Augenblick, in dem er sein Buch wieder aufnahm, klopfte es zweimal kräftig, und direkt unter dem Fenster rief eine Stimme vernehmlich:

»Hallo, hört mich jemand? Kann mir mal jemand die Tür aufmachen?«

Einzugsermächtigung

Wie oft es geklingelt hatte, weiß ich nicht. Es war eine Tageszeit, die ich gewöhnlich noch als Nacht bezeichne und in der ich von allem anderen als vom Aufstehen träume. Als ich endlich meinen Morgenmantel gefunden hatte und durch den Türspalt schaute, sah ich vor mir einen Herrn in einem roten Sakko.

»Guten Tag«, sagte er. »Schön, dass Sie doch noch öffnen. Als Hauseigentümer habe ich natürlich einen Schlüssel, aber ich falle ungern mit der Tür ins Haus.«

So, das also war der Eigentümer meines Hauses. Ich hatte ihn mir ganz anders vorgestellt, aber unsympathisch sah er nicht aus. Anfang dreißig mochte er sein, und er sprach in einem ruhigen, aber bestimmten Tonfall. Als sich meine Augen an die Helligkeit gewöhnt hatten, sah ich, dass er nicht allein war. Er schien meinen Augen zu folgen und zeigte auf die beiden Männer hinter sich.

»Ach ja, ich habe meinen Vater mitgebracht, und das hier ist unser Mitarbeiter, sozusagen der gute Geist der Firma. Sie wissen wahrscheinlich, warum wir kommen?«

Natürlich konnte ich es mir denken. Der Stapel von Mahnungen auf meinem Schreibtisch war hoch genug; die letzten hatte ich gar nicht mehr geöffnet. Mal ging es um die Miete, die ich ja nun wirklich seit Jahren nicht bezahlt hatte. (Von Anfang an hatte ich mich gegen eine Einzugsermächtigung gesträubt, dann hatte ich die Überweisungen vergessen, und später war mir die ganze Sache einfach zu peinlich gewesen.) Andere Briefe berichteten von Beschwerden der Nachbarn – die Bäume im Garten seien verwahrlost, und die nicht geernteten Früchte faulten auf den angrenzenden Grundstücken. Der Studienrat von nebenan hatte erzürnt berichtet, ich hätte eine angebissene Pflaume von dem Baum in der Mitte des Gartens bis auf sein Rosenbeet geworfen. Und schließlich waren da die Anzeigen wegen des im Winter nicht geräumten Bürgersteiges, der eine ältere Dame ein gebrochenes Bein gekostet hatte.

Von all dem sagte der Mann im roten Sakko nichts. Er sagte nur: »Sie gestatten?«, und schon waren sie zu dritt im Flur, und vom Flur aus machten sie die Runde durch meine Zimmer. Sprachlos und auf eine merkwürdige Art gelähmt lehnte ich am Türpfosten und hörte durch die offenen Türen Fetzen ihres Gespräches mit.

»Das ist ja zum Weinen, wie heruntergekommen das alles aussieht. – Der Schimmel dort an der Decke hätte sich durch Lüften wohl vermeiden lassen. – Was ist denn das für ein Durchbruch hier? Das war eine tragende Wand. So etwas ist statisch unverantwortlich und lebensgefährlich. – Fällt Euch am Geruch dieser Wandfarbe etwas auf? Diese Stoffe sind doch gesundheitsschädlich und längst verboten.«

Nach einer Weile kamen sie zurück. Diesmal machte sich der Mitarbeiter zum Sprecher: »Wir haben uns Ihr Haus – unser Haus – gründlich angesehen und festgestellt, dass Sie es in unglaublicher Weise heruntergewirtschaftet haben. Zusammen mit allen Vorkommnissen der Vergangenheit und den Summen, die Sie uns schulden, wäre das ein Grund für eine fristlose Kündigung. Wir haben uns jedoch entschieden, Ihnen einen anderen Vorschlag zu machen. Wir ziehen bei Ihnen ein und bringen das Haus wieder in Ordnung. Es muss vieles ausgeräumt, einiges wiederhergestellt und anderes umgebaut werden, und insgesamt ist eine gründliche Renovierung nötig.«

Wie aus der Ferne hörte ich zu – obwohl er ganz nahe vor mir stand – und während er redete, schossen mir tausend Dinge auf einmal durch den Kopf: Mieterschutz – Kündigungsfristen – Zivilklage – Rechtsanwalt. Aber ich brachte nur einen polternden Satz heraus: »Also, jetzt hören Sie mal zu, Sie führen sich ja hier auf, als seien Sie der Allmächtige höchstpersönlich!«

»Ach«, sagte er, und dann mit einem eigentümlichen Lächeln: »Ja?«

Calamum cassatum

Calamum cassatum non conteret et linum fumigans non extinguet.« Die Lektüre wird zum Hürdenlauf, wenn man sich darauf einlässt, einen englischen Schauerroman des achtzehnten Jahrhunderts über eine in einem spätmittelalterlichen deutschen Kloster untergetauchte adlige Dame zu lesen. Petra macht sich eine Notiz, um den lateinischen Text später zu übersetzen – vielleicht sogar seine Herkunft festzustellen. Bei Keith Moore weiß man nie richtig, ob er Zitate erfunden hat oder ob sie tatsächlich in den Erinnerungen der Mechthild von Reiffenburg vorkommen, die er als Vorlage für *The Castle of Reiffenburg* verwendete.

»Ist hier noch frei?«

Noch bevor sie von ihrem Buch aufsieht, weiß sie, wer vor ihr steht. Diese Stimme kennt sie. Sie klingt etwas belegt heute, aber sie weckt alle Erinnerungen: an zwei wunderbare Jahre der Freundschaft und Liebe, die sie mit Christoph verlebt hat, genau wie an die Eifersuchtsszenen, an die lauten Auseinandersetzungen und an den Augenblick der Trennung. Mit seinen reichen Eltern im Hintergrund hatte er im Laufe der Zeit immer mehr den großen Gönner gespielt, doch wahrscheinlich nur, um sie mit seiner Großzügigkeit an sich zu ketten. Sie hatte sich dagegen gewehrt, hatte ihn auch einmal zum Essen einladen wollen und hatte ihm oft zu verstehen gegeben, dass sie ihn um seiner selbst willen mochte und sich dasselbe von ihm wünschte. Aber er hatte auf seinen einseitigen Liebesbezeugungen bestanden und zunehmend eine nur auf ihn fixierte Dankbarkeit eingefordert. Mit keinem anderen Studenten hatte sie längere Zeit in der Cafeteria sitzen dürfen – unweigerlich hatte es hinterher Vorwürfe zu hören gegeben. Schließlich war ihr sein Besitzdenken zu viel geworden, und sie hatte ihm in einer zornigen Aufwallung alle seine Geschenke vor die Füße geworfen. Die Weingläser waren dabei gewesen, die Silberkette und das Literaturlexikon. Mehrmals hat sie danach Briefe bekommen, in denen er ihr beteuerte, dass er seine Fehler einsehe und viel aus ihnen gelernt habe. Sie hat die Briefe zerknüllt und nicht beantwortet. Irgendwann hat er dann aufgehört zu schreiben.

Sie schaut auf und sieht ihn, wie er mit seiner schmalen braunen Mappe unter dem Arm vor ihr steht und zu lächeln versucht. Aber sie schafft es nicht, zurückzulächeln. Nein, sie will nicht nachgeben, will nicht schwach werden. Nicht nach allem, was vorgefallen ist. Nicht in dieser Anfangsphase ihrer Doktorarbeit, in der sie alle Kraft für das Denken braucht und in der Gefühle sie nur ablenken würden. Sie zeigt mit einer knappen Geste auf die über ihren Tisch verstreuten Bücher und zuckt mit den Achseln.

»Wenn es unbedingt sein muss.«

Sie braucht gar nicht aufzuschauen, um zu wissen, wie sein Gesicht aussieht. Wie das Selbstmitleid es sicher wieder in die Länge zieht.

»Ach, dann will ich nicht weiter stören. Da drüben ist wohl auch noch Platz.« Er deutet auf einen leeren Tisch im hinteren Teil der halbdunklen Bibliothek. Als er sich langsam den Weg durch die Tischreihen sucht, sieht er geknickt aus. Wie einer, der ins Exil geht.

* * *

Auch wenn die Störung nur kurz war, hat Petra es schwer, wieder in ihre Gedanken zurückzufinden. Oder besser gesagt, in die Welt der Menschen ihres Buches. Wo war sie stehen geblieben? »*Calamum cassatum non conteret et linum fumigans non extinguet.*« Mechthild von Reiffenburg hat gerade ihrem Tagebuch anvertraut, wie die Nachricht vom Tod ihres Mannes sie bis an den Rand des Wahnsinns getrieben hat. Warum musste Ruthard seinem Herzog in diesen Krieg folgen? Warum mussten gerade er und seine Männer noch in der Eifel in einen Hinterhalt geraten?

In ihrer ersten Verwirrung hat sie getan, was sich nun vielleicht als verhängnisvoll herausstellen wird: Sie hat ihre Burg verlassen und mit ihren zwei Zofen und einem Reitknecht Zuflucht in der Klause der Benediktinerinnenabtei St. Georg im Rheingau gesucht. Gerade jetzt, da die Nachbarn auf ihren Festungen rechts und links des Rheins begehrliche Blicke auf die Reiffenburg geworfen haben und man von geheimen Bündnissen munkelt. Dem Haushofmeister und dem Hauptmann der Wache hat sie zwar alle Anweisungen gegeben, die ihr nötig schienen, aber die Zukunft erscheint ihr noch düsterer als zuvor.

An dieser Stelle ihrer Aufzeichnungen schildert sie das Morgengebet in der Klosterkapelle. Die dicken Mauern halten kaum den klirrenden Frost ab, und die Schwestern haben schafwollene Mäntel über ihre grauen Kutten geworfen. Zwei Fackeln an den Längsseiten des Raumes vermitteln zumindest den Anschein von Wärme, und die Kerzen auf dem Altar werfen einen tröstlichen Schein in den Raum. Wie von Ferne dringt die Stimme der Äbtissin an ihr Ohr: *Calamum cassatum* ...

Nein, diese Worte scheinen doch zu bedeutungsvoll zu sein, als dass Petra mit ihrer Übersetzung warten könnte. Sie geht hinüber zu den Regalen mit den Nachschlagewerken und Wörterbüchern und findet das lateinisch-deutsche Wörterbuch: »*calamus*, masculinum – Rohr, Halm, Stängel«, heißt es da, und nach und nach erschließt sich ihr ein Satz, den sie von irgendwoher kennt: »Das zerstoßene Rohr wird er nicht zerbrechen und den glimmenden Docht wird er nicht auslöschen.« Diese Bilder klingen nach großer Literatur, vielleicht nach Horaz, nach Vergil oder nach der Bibel. Auf alle Fälle beschreiben beide Bilder die bedrängte Lage der Mechthild so plastisch, dass Petra jetzt klar ist, warum der Satz in ihrem Tagebuch gleich dreimal auftaucht.

* * *

Aber passt dieser Satz nicht auch genau auf die Lebenssituation Keith Moores zur Zeit der Abfassung von *The Castle of Reiffenburg*? Petra schaut noch einmal in ihr eigenes Buch – oder besser, in ihr Manuskript, das noch zum Buch werden will. Sie hat die relativ kurze Lebenszeit des englischen Autors in verschiedene Abschnitte eingeteilt. Die Zeit, in der er seinen bekanntesten Roman schrieb, hat sie »Die Dunklen Jahre« genannt, die auf »Die Wilden Jahre« folgten. Wild ist sein Leben gewesen. Seine Studien in Cambridge hat der Kaufmannssohn mit brillanten Abschlussarbeiten hinter sich gebracht. Erste dichterische Versuche waren vielversprechend, und das weithin beachtete Büchlein mit den Sonetten über Gestalten der griechischen Sagen hat ihm einen sicheren Platz unter den Poeten und den Theaterleuten in Englands Süden eingebracht. Huldigungsgedichte werden bei ihm bestellt, und auch ein Drama. Doch die in seinen Kreisen üblichen durchzechten Nächte haben ihren gesundheitlichen Tribut gefordert, und verschiedene Affären mit verheirateten Frauen der Oberschicht haben ihm das gesellschaftliche Genick gebrochen. Er muss nach Frankreich emigrieren, wo er mit den paar Pfund, die das Erbe seiner Eltern ihm jedes Jahr abwirft, mühsam sein Leben fristet.

Auf der Reise nach Frankreich macht er einen Umweg über das Rheintal, um sich die Schlösser und Klöster rechts und links des Flusses anzuschauen, die mit ihren dicken Mauern und ihren Gewölben in so manchem Schauerroman der Zeit eine Rolle spielen. In einem der Klöster findet er in der Bibliothek die lateinischen Aufzeichnungen einer Adligen aus dem dreizehnten Jahrhundert und darf sich Passagen daraus abschreiben. Mit diesen kargen und doch so aussagestarken Berichten über Flucht und Versteck, Heimweh und Trauer beschäftigt er sich im französischen Exil, und er macht daraus trotz seiner fortschreitenden heimtückischen Krankheit seinen größten Erfolg: *The Castle of Reiffenburg*. Die Angst, sein Lebenslicht könne bald verlöschen, treibt ihn an und verleiht seinen Worten eine Intensität, die sein Buch weit über die Menge der anderen Schauerromane heraushebt.

***

Das Knarren eines Stuhles hinter ihr holt Petra aus ihren Gedanken zurück. Wo kann sie die Quelle finden, aus der der Satz vom geknickten Halm und vom glimmenden Docht stammt? Büchners *Geflügelte Worte* und Bartletts *Quotations* stehen gleich neben ihr, erweisen sich aber als untauglich. Drüben in der Abteilung »Religion« stehen deutsche und englische Bibelkonkordanzen, und hier wird sie tatsächlich fündig. Sie liest den Satz im

Evangelium des Matthäus – zuerst auf deutsch und dann in der alten King-James-Übersetzung, wie sie Moore in den Ohren geklungen haben muss: »A bruised reed shall he not break, and smoking flax shall he not quench.«

Petra liest um diese Worte herum, liest Kapitel um Kapitel und sieht ihn allmählich vor sich, diesen Kollaborateur namens Matthäus, der zu einem Nachfolger des Jesus von Nazareth wurde. Er war recht erfolgreich, als er noch offiziell bestallter Zolleintreiber in der Nähe des kleinen Ortes Kapernaum war. Aber beliebt war er nicht – und das nicht nur, weil er sich mit den römischen Besatzern eingelassen hatte und deren schmutzige Arbeit tat. Auch die Bestechlichkeit nahm man ihm übel, die großzügigen Aufrundungen der Zollgebühren zu seinen Gunsten und vor allem die Tatsache, dass er sich nicht scheute, den Ärmsten den letzten Besitz abzupressen. Auch wenn er es sich nach außen nicht anmerken ließ, fraß die soziale Ächtung an ihm und seiner Familie und erstickte allmählich alle Lebensfreude – auch und gerade die, die nicht mit Geld zu kaufen war. Bis dann eines Tages dieser Rabbi kam und, statt ihn so hasserfüllt anzuschauen, wie es sonst die anderen Passanten taten, mit ruhiger Stimme zu ihm sagte: »Komm und folge mir nach.«

Wie er es damals so schnell schaffte, seine Tageseinnahmen zusammenzuraffen und einem seiner Kollegen zuzuwerfen, weiß Matthäus jetzt nicht mehr. Aber viele andere Dinge weiß er noch, als seien sie gestern geschehen. Deshalb sitzt er in den Bergen Syriens an seinem Papyrus und schreibt für die christlichen Gemeinden auf, was ihm von den drei Jahren mit dem Rabbi geblieben ist, und auch das, was andere besser im Gedächtnis behalten haben als er. Zum Beispiel jene Begebenheit, bei der sie mit Jesus in die Einsamkeit flohen, weil der Boden in den Dörfern und Städten zu heiß wurde. Nicht nur, dass er seinen hungrigen Nachfolgern erlaubt hatte, sich verbotenerweise am Feiertag im Feld an den Ähren zu bedienen – er hatte auch selbst einem Kranken die verkrüppelte Hand geheilt. Am Feiertag und mitten in der Synagoge. Dass er das alles auch noch mit Blick auf die Heiligen Schriften rechtfertigte, brachte die religiösen Führer gegen ihn auf. Aber die Einsamkeit, in die er sich mit seinen Nachfolgern zurückzog, verhinderte nicht, dass viele Menschen weiter bei ihm Hilfe suchten.

Matthäus muss an die Worte im Buch des Propheten Jesaja denken, wo es über den versprochenen Erlöser heißt: »Das zerstoßene Rohr wird er nicht zerbrechen und den glimmenden Docht wird er nicht auslöschen.« Ja, genau so war der Meister. Diese Worte gingen ungezählte Male in Erfüllung, wenn er sich vom Leid, vom Hunger und von der Ratlosigkeit der Menschen berühren ließ und mit demselben Blick in hoffnungslose Augen sah wie damals in die des geächteten Zöllners Matthäus. Und so schreibt Matthäus in seinen Bericht hinein, wie sich in Jesus die Worte aus alter Zeit erfüllten.

***

Die Uhr zeigt halb sieben. Die Bibliothek hat sich merklich geleert. Außer ihr und Christoph sitzen nur noch vier andere Studenten an ihren Tischen. Um neun ist Petra mit zwei

Freundinnen im Kino verabredet. Aber irgendwie kann sie jetzt nicht an Kino denken. Das Bücherfieber hat sie mal wieder gepackt, und sie muss einfach noch weiter in den Keller der Vergangenheit steigen, muss sich durch die Gänge tasten, die alle diese Bücher und Autoren und Leser in der Tiefe verbinden. Mit ihren Konkordanzen sucht sie das Prophetenbuch im Alten Testament auf, aus dem Matthäus zitierte. Ohne dass sie viel über diesen Propheten weiß, beginnt sie sich durch mehrere Kapitel hindurchzulesen, bis sie an die Stelle mit dem geknickten Rohr und dem glimmenden Docht kommt.

Wieder zeichnet sich vor ihrem Auge eine Gestalt ab – nun noch weitere Jahrhunderte von ihr entfernt –, die in Babylon vor einem Haus aus Tonziegeln sitzt und in eine Schriftrolle schreibt. Der Prophet betrachtet das Treiben auf der Straße, die Angehörigen seines Volkes und die anderen, die sich als ihre Herren fühlen. Wie Vieh sind sie von den Eroberern Jerusalems hierher in die Fremde getrieben worden. Und wie Vieh werden sie ausgebeutet. Er denkt über die Geschichte seines Volkes nach und sieht sonnenklar, wie es zu dieser Verschleppung kam. Von dem Gott ihrer Väter haben sie sich entfernt, und diese Ferne wurde mit brutaler Gewalt von den Babyloniern ausgenutzt. Aber das Exil, in dem sie hier sitzen, ist längst nicht so weit von ihrer Heimat entfernt, wie ihre Herzen sich von Gott entfernt haben.

Es wird dunkel. Seine Frau bringt ihm eine Schale mit Tee und entzündet ein Licht für ihn. Sie erzählt ihm, wie die beiden Söhne am Fluss gespielt und sich dann auf dem Heimweg geprügelt haben. Der eine, der sanfte, ältere, hatte ihr einen besonders schönen Schilfhalm mitbringen wollen, und sein jüngerer Bruder hatte ihm den in einer Anwandlung von Neid auf dem Wege zu entreißen versucht. Sie zeigt ihrem Mann das traurige Ergebnis. Aber der Prophet ist nicht bei der Sache. Er fühlt eine merkwürdige Unruhe in sich. Wie immer, wenn der Höchste zu ihm spricht, wie immer, wenn er durch die Gegenwart hindurch die Dinge sehen darf, die für sein Volk wichtig sind, hat er einen trockenen Mund. Als läge Asche auf seiner Zunge. Er trinkt einen Schluck und weiß mit einem Mal, was er seinen Leidensgenossen zu sagen hat. Es wird eine Zeit kommen, in der einer im Dienste Gottes das Volk aus dem Exil nach Hause bringt. Es wird eine Zeit sein, in der auch das innere Exil – die Trennung von Gott – aus der Welt geschafft werden wird. Niedergeschlagenheit und Hoffnungslosigkeit sind nicht das Letzte. Der Prophet greift nach dem ramponierten Schilfrohr in der Hand seiner Frau, aber dabei streift sein Ärmel das Licht vor ihm, und die Flamme verlischt. Nachdenklich schaut er auf die beiden Gegenstände vor sich und nickt. Ja, so mag sein Volk sich fühlen. Aber der Höchste wird es nicht zerknicken und auslöschen. Er wird einen schicken, der alles richtet.

***

Diesmal ist es die freundliche Stimme der Bibliotheksaufsicht, die Petras Gedankengang abrupt beendet. »Wollen Sie noch was ausleihen? Meine Kollegin muss heute pünktlich gehen.«

»Nein, danke. Wie spät ist es denn?«

»Es ist zwanzig nach acht. Sie wissen doch, dass die Ausleihe montags um halb neun schließt?«

»Ja, natürlich.« Petra schaut sich um. Außer ihr sitzt nur noch Christoph in seiner halbdunklen Ecke. Man könnte meinen, er schliefe – so tief ist sein Kopf über die Papiere gebeugt. Sie weiß nicht warum, aber plötzlich tut er ihr leid. Nicht weil sie sentimental geworden ist, sondern weil sie in einer Art ungekannter Klarheit spürt, wie er sich fühlt. Sie steht auf und räumt ihren Tisch. Und als sie ihre Bücher in die Regale zurückgestellt hat, geht sie auf Christoph zu. Noch bevor er aufschauen kann, fragt sie:

»Entschuldigung, ist hier noch frei?«

Ratschläge

Seit ich so unvorsichtig gewesen war, im Kreise meiner Freunde zuzugeben, dass ich mich nicht sonderlich wohl in meiner Haut fühlte, bekam ich Ratschläge. Ich hatte nur beiläufig hier und da meine Schlaflosigkeit erwähnt und meine Selbstzweifel, meine Angst, das Leben zu verpassen, und meine Ungewissheit im Blick auf meine Zukunft. Gelegentlich hatte ich sogar den Wunsch geäußert, einfach nicht mehr da zu sein.

Und schon kam der gute Rat von allen Seiten – Schlag auf Schlag. »Reiß dich zusammen«, sagten die Freunde zum Beispiel. Wie ich das machen sollte, sagten sie nicht. Ich spürte, dass ich auseinandergerissen war. Aber wie sollte ich mich wieder zusammenreißen? »Gib dir einen Ruck«, sagten sie. Aber das ist schwer, wenn man keinen festen Halt hat, von dem aus man sein Leben wieder in Bewegung setzen könnte.

»Komm zu dir«, sagten sie, und ich beschloss, wenigstens das zu versuchen. Zwar konnte mir niemand genau sagen, in welche Richtung ich gehen sollte, aber ich machte mich einfach auf den Weg, in der Hoffnung, mir irgendwann zu begegnen. Meine Adresse kannte ich ja, aber es war ein längerer Weg, als ich erwartet hatte. Manchmal steht man sich selbst nicht sehr nahe. Doch dann kam ich zu mir und stand vor mir. Und was nun?

»Geh in dich«, sagte jemand, und weil der vorige Ratschlag wenigstens nicht unangenehm geendet hatte, versuchte ich auch dies. Ich ging in mich. Als Einstieg wählte ich die Mundhöhle. Ich überkletterte die Schneidezähne des rechten Unterkiefers und nahm den Weg entlang des Zahndamms Richtung Rachenraum und Zäpfchen. Ich war erschüttert über den Zustand eines meiner Backenzähne, doch ich musste mich jetzt erst einmal auf die schwierige Entscheidung konzentrieren, ob ich nun die Luftröhre oder die Speiseröhre wählen sollte. Ich entschied mich für die Letztere, da ich Angst hatte, mich in den feinen Verästelungen der Bronchien zu verirren.

Wie hatte ich da vor einiger Zeit in einem

Ratgeber für Ihre innere Balance (aus dem Buchhandlungsregal »Selbsthilfe«) gelesen: »Beginnen Sie mit der Entdeckung Ihrer Mitte, und bringen Sie von dort aus die Dimensionen Ihrer Existenz in ein dauerhaftes Gleichgewicht.« Das hatte gut geklungen, und diese bedeutungsschweren Worte hallten immer noch in mir nach. Aber wo in aller Welt war meine Mitte? Ich entschied mich nach einigem Nachdenken für die unterhalb des zentralen Nervengeflechtes gelegene Region und machte mich auf den Weg. Nach einer längeren Rutschpartie im Dunkeln landete ich geradewegs am Magenausgang, wo mich jedoch der dortige Pförtner wieder zurückwies: Wegen zu hastiger Einnahme des Mittagessens dauere die Aufbereitung heute besonders lange, und der Aufenthalt im laufenden Magen sei grundsätzlich nicht gestattet. Da stand ich nun. Wenn ich ehrlich war, hatte ich sowieso nicht viel Lust gehabt, den Verdauungstrakt zu erkunden. Und da die obere Bauchhöhle mir nicht viel zu bieten gehabt hatte, trug dieses ganze Unternehmen statt zu einer Erleuchtung immer mehr zu einer Verdunklung meiner Situation bei. Was aber sollte ich jetzt anfangen?

»Du musst aus dir herausgehen«, hörte ich gedämpft die Ratschläge von draußen. Nun gut – was blieb mir auch anderes übrig. Ich nickte dem mürrischen Pförtner noch einmal kurz zu und begann den Wiederaufstieg durch die finstere Speiseröhre. In Höhe des Herzens legte ich das Ohr an die Röhrenwand (»Hör auf dein Herz«, hatte ein weiterer guter Rat der Freunde geheißen), aber ich hörte nichts von der erhofften Kammermusik. Stattdessen kam nur das gewohnte monotone Doppelklopfen, das von den Gitterstäben meines Rippenkäfigs widerhallte. Da mein Herz mir scheinbar auch nichts Neues zu verkünden hatte und nur auf das pochte, was es schon immer gesagt hatte, gab ich auf. Ich nahm wieder Kurs auf den Kehlkopf und den Gaumen und wählte diesmal den Weg über die Brücke zwischen meinen linken unteren Molaren nach draußen, wo ich den Himmel wieder sehen konnte. Der Sprung ins Licht war etwas waghalsig, aber er ist mir gelungen.

Hier stehe ich nun wieder und blinzele ins

Helle. Ich öffne das Fenster und hole tief Atem. Die eine Hälfte des Sommerhimmels ist noch verhangen von dem Gewitter, das anscheinend inzwischen über die Stadt hinweggezogen ist. Aber direkt über mir und hinten über den Bergen ist es klar – so klar, dass ich mich frage, ob ich jemals ein so tiefes Blau gesehen habe. Und während sich meine Augen in diesem Himmel verlieren, spüren meine Füße wieder den Boden unter mir. Der Wind streichelt mir über das Gesicht, meine Finger fühlen die Petunienblüten im Balkonkasten, an meine Ohren dringt eine Melodie aus der Wohnung im Stockwerk über mir, und meine Nase wittert den Duft eines Parfüms unten auf dem Bürgersteig.

Ist das alles vielleicht das Leben, nach dem ich mich die ganze Zeit gesehnt habe? Macht mich der Blick zum Himmel womöglich lebendiger als die Versenkung in meine eigenen Tiefen? Liegt es an dem Geschmack und dem Gefühl einer anderen Freundlichkeit als meiner eigenen, dass ich auf einmal vor Freude außer mir bin?

Tom

Ich glaube immer noch, ich sehe nicht richtig. Die Visitenkarte auf meinem kleinen Schreibtisch und der angeheftete Zettel müssen eine optische Täuschung sein. Sie lagen heute Morgen dort, als ich Andi begrüßte, der schon vor mir angekommen war. Ich schaute kurz darauf und hielt die Papiere zunächst für ein kleines Memo vom Betriebsrat. Erst später, als ich begann, die Arbeitsanweisungen für den Vormittag zu sortieren, sah ich mir genauer an, was da mitten auf der Schreibtischunterlage ruhte. Die Visitenkarte trug den Namen unseres Unternehmensgründers, Hauptaktionärs und Vorstandsvorsitzenden – des Chefs der Chefs schlechthin. Statt einer detaillierten Anschrift stand unten auf der Karte nur eine Telefonnummer. Die Rückseite war leer – kein Hinweis auf den weltweit operierenden Konzern, keine angeberischen Titel, keine Werbung für die Firma, nichts Kleingedrucktes.

Auf dem Zettel stand: »Hier ist meine Mobilnummer. Sie können mich Tag und Nacht anrufen.« Geschrieben und unterzeichnet war die Nachricht handschriftlich, und die Unterschrift schien echt zu sein. Ich hatte sie jedenfalls schon oft in firmeninternen Rundschreiben unter Artikeln gesehen. »Ein persönliches Wort von der Konzernspitze« stand meist oben auf der letzten Seite, und beglaubigt wurden die Ansichten und Aussichten von diesem Namen, geschrieben mit einer entschlossenen, prägnanten Schrift. In derselben Schrift stand auch mein Name oben rechts auf dem Zettel – eindeutig mit Tinte, also auch handschriftlich. Die Telefonnummer kannte ich nicht. Sie hatte keine der betriebseigenen Vorwahlziffern und ließ auch sonst keine Schlüsse auf ihre Echtheit zu. Und was, wenn beides fingiert war: Visitenkarte und Nummer?

Je mehr ich darüber nachdenke, desto klarer ist mir, dass sich hier ganz sicher ein paar Witzbolde einen Scherz erlaubt haben. Vielleicht meinen sie, ich würde die Nummer gleich anrufen, und wahrscheinlich ist am anderen Ende der Verbindung dann irgendeine

Dönerbude in Neustadt an der Waldnaab oder ein Schalterbeamter im Bahnhof von Böhl-Iggelheim. Ich habe auch meine Vermutungen, wer dahinterstecken könnte. Es ist schon eine ziemlich lustige Abteilung, in der ich hier gelandet bin, und es wäre nicht der erste Streich, den man mir gespielt hätte. Gerade weil wir uns so gut verstehen, versucht irgendjemand immer, jemand anders reinzulegen – und sei es auch nur, um hinterher in der Kantine darüber lachen zu können.

Ich hatte ja letztes Jahr überhaupt nicht zu hoffen gewagt, in einem multinationalen Konzern einen Ausbildungsplatz zu bekommen, aber dann war damals dieser Brief gekommen. Er sah von außen so aus wie die vielen anderen, in denen mir Betriebe mitteilten, dass sie leider nichts für mich tun könnten, weil »mein Schulabschluss nicht mit dem Ausbildungsberufsbild kompatibel sei«. Als ich den Umschlag öffnete, müssen einige unserer Nachbarn an meinem Verstand gezweifelt haben. Mein »Juchhuuuh« war sicher auch auf der anderen Seite der Straße zu hören – nicht nur in unserer Küche, von wo meine Mutter besorgt herüberkam, um zu sehen, was in mich gefahren war.

Mit mir haben noch Nicole, Aleyna, Sebastian und Andi einen Ausbildungsplatz bekommen, und wir verstehen uns alle richtig gut. Andi ist in den paar Monaten unserer bisherigen Zeit hier mein bester Freund geworden. Etwas kleiner als ich ist er, hat ziemlich wildes dunkelblondes Haar und trägt immer eine dünne Goldkette um den Hals. Mal hängt eine Münze daran, mal ein kleines Holzkreuz und mal ein Ring aus mattem Gold, von dem er behauptet, es sei der Verlobungsring, den er seiner Sabine einmal verehren will.

Heute Morgen habe ich Andi spontan zu meinem Kommunikationsberater ernannt, denn als ich ihm die Visitenkarte und den Zettel zeigte, war er so ehrlich überrascht, dass er eigentlich als der Witzbold ausscheidet. »Mensch, Tom, das ist, als ob der Chef des Universums dir seine Visitenkarte überreicht. Du wärst doch blöd, wenn du da nicht zupacktest. Stell dir vor, was du dem alles sagen könntest. Denk allein mal an die Art, wie man hier mit uns umspringt. Wie oft haben wir

Memos an den Betriebsrat geschickt, wenn Also uns gegenüber mal wieder den Großfürsten gemimt hat.«

»Also« ist der für uns zuständige Ausbilder. Eigentlich heißt er Kurt Steinmetz, aber weil er so viele Sätze mit »Also« anfängt, hat er seinen Namen schon bald weggehabt. »Also, wenn Sie sich nicht ein bisschen mehr anstrengen, sehe ich schon jetzt für Ihre Prüfung schwarz.« Oder: »Also jetzt nehmen Sie sich mal zusammen und meckern Sie nicht dauernd über meine Anweisungen.« Es ist zwar meistens nur zum Lachen, wie er sich aufspielt, aber allzu oft regen wir uns auch über ihn auf. Also ist der Löwenzahn im Rasen unseres Lebens.

Seit Andi den überraschenden Fund gesehen hat, gibt es für ihn keinen anderen Gesprächsgegenstand: »Ich verstehe nicht, warum du dich so anstellst. Beziehungen sind doch das halbe Leben. Und von einer solchen Beziehung kann man nur träumen. Der bietet dir doch eindeutig Zugang zu seiner Privatsphäre an.«

Ich kann nur mit den Schultern zucken,

denn ich bin keineswegs davon überzeugt, dass es sich hier um ein echtes Angebot handelt. »Du scheinst also wirklich daran zu glauben, dass das hier kein Witz ist. Meiner Meinung nach steckt Sebastian dahinter.«

»Wenn das so sein sollte, dann musst du zugeben, dass Sebastian sehr fantasievolle Witze macht. Aber ob dieser Zettel vom obersten Chef kommt und ernst gemeint ist, kannst du nur herausbekommen, wenn du anrufst.«

»Aber wer weiß, wie er reagieren wird?«, wende ich ein. »Weder du noch ich sind ihm je begegnet. Der ist so weit weg, dass ich manchmal schon bezweifelt habe, ob es ihn wirklich gibt. Nun lach nicht gleich – es soll doch tatsächlich Firmen geben, die mit einem völlig erfundenen Namen arbeiten oder mit dem Bild ihres Gründers, auch wenn der längst tot ist. Den Gründer unseres Unternehmens hat noch nie jemand hier bei uns gesehen. Und als sein Sohn vor Jahren unser Werk besuchte, waren wir beide noch nicht hier.«

»Da musst du doch wohl selber lachen,

Tom. Wir haben in Betriebskunde die Firmengeschichte studiert, und der gute Also hat uns lange Abschnitte aus der Biografie vorgelesen, wo es um die bescheidenen Anfänge des Ganzen ging und um die spätere Ausbreitung in viele Länder. Wir fanden ja alle den Titel überhaupt nicht bescheiden: ›*Es werde*‹. *Mein Leben*. Den Chef gibt es wirklich immer noch. Glaub mir.«

In diese Gespräche vertieft gehen wir zum Mittagessen in die Kantine und müssen feststellen, dass das Hauptgericht heute mal wieder zum Erbarmen ist. Die anscheinend vollsynthetische Bratensoße nimmt dem müden Schnitzelchen auch den letzten Rest von Eigengeschmack, und die Kelle Erbsen und Möhren verdient noch nicht mal unser übliches Prädikat »Leipziger Einerlei«. Andi stochert lustlos in den versalzenen Kartoffeln.

»›Sie können mich Tag und Nacht anrufen‹, hat er geschrieben. Wie wäre es, wenn du ihm dieses fürstliche Mahl hier mal beschreibst?« Mein bester Freund hat wohl heute wirklich nur ein Thema.

»Und warum sollte ihn das interessieren?«,

frage ich zurück. »Der sitzt doch irgendwo im obersten Stockwerk eines Glaspalastes über den Regenwolken und bestellt sich Kaviar und Champagner. Der kann sicher alles und alle überblicken, aber der kann sich doch unmöglich um jeden Einzelnen von uns kümmern. Geschweige denn um das Kantinenfutter in einer seiner vielen Fabriken.«

»Das mag ja sein, aber versuchen würde ich es trotzdem. Und wenn du Angst hast, dass er auf Meckereien sauer reagiert, könntest du ja mit etwas Positivem anfangen. Erzähl ihm doch einfach, wie gut wir uns hier an der Basis verstehen – Aleyna, Sebastian, Nicole, du und ich. Das wird ihn sicher freuen, denn ein gutes Betriebsklima wünscht sich jeder gute Chef.«

»Woher willst du wissen, ob er so ein guter Chef ist? Ich hab so vieles über ihn gehört, was sich widerspricht. Eine Menge Leute sagen, dass er sehr karitativ denkt. Aber du hast doch sicher wie ich auch schon die Sprüche von dem unterkühlten Macher gehört, der sich weder um Gerechtigkeit noch um faire Behandlung von Mitarbeitern schert.«

Auf dem Rückweg zu unseren Arbeitsplätzen kommen wir an dem großen Bild in der Eingangslobby vorbei. Da lächelt uns das Gesicht eines Chefs an, wie man ihn aus Managermagazinen kennt. Intelligente Augen, die einen zu durchbohren scheinen, ein entschlossener Zug um den Mund, grau melierte Haare – so mustert er jeden Hereinkommenden aus seinem bronzefarbenen Rahmen heraus. Die Schulterpartie eines Maßanzugs ist gerade noch zu sehen. So muss man wahrscheinlich aussehen, wenn man ein florierendes Imperium aufgebaut hat.

Andi hat gerade mal einige Minuten von anderen Dingen geredet, aber jetzt erinnert ihn das Bild an seine fixe Idee: »Tom, was kostet es dich denn, die Nummer auszuprobieren? Das Schlimmste, was dir passieren kann, ist, dass er nicht abnimmt. Du musst ihn ja nicht gleich beim Wort nehmen und ihn nachts um halb vier anklingeln.«

»Dazu hätte ich zwar eine Riesenlust, Andi, aber ich traue mich einfach nicht. Stell dir vor, die Nummer ist echt und nur der Zettel ist erfunden. Dann kann ich hier gleich meinen

Schrank räumen, denn dann schmeißt mich der da oben todsicher aus der Firma. Wie wäre es denn, wenn du für mich anriefst?«

»Ist das dein Ernst?« Andi spricht in dem halb geduldigen, halb ungeduldigen Tonfall, in dem Erwachsene mit begriffsstutzigen Kindern reden. »Dieses Angebot ist für dich persönlich – ›nicht übertragbar‹, wie es immer so schön bei Ehrenkarten für Konzerte oder Fußballspiele heißt. Er hat eigenhändig deinen Namen auf sein Memo geschrieben. Nein, mein Freund, das kann ich dir nicht abnehmen; darauf musst du selbst reagieren. Und ob es ihn gibt, ob er unnahbar oder ansprechbar ist, ob er wirklich Anrufe von kleinen Auszubildenden annimmt oder ob er sich nur um so genannte wichtige Angelegenheiten kümmert: Alles das wirst du nie erfahren, wenn du ihn nicht anrufst.«

Als wir wieder an unseren Arbeitsplätzen angekommen sind und die neuen Anweisungen von Also durchlesen, kann ich mich kaum konzentrieren. Seit heute Morgen denke auch ich nur noch an diese zwei Stücke Papier. Kurz vor Mittag waren sie einmal unter einer neuen Sendung Hauspost verschwunden, und ich musste erst alles andere wegräumen, um sie noch einmal durchlesen zu können – sicher zum fünfzigsten Mal. Danach waren sie wohl unter den Tisch gefallen, von wo sie während der Mittagspause eine Reinigungskraft kurzerhand in den Papierkorb befördert haben muss. Andi hat sie bei der Suche nach einem anderen heruntergefallenen Schriftstück entdeckt und mir mit vorwurfsvoller Miene überreicht. Er tat so, als hätte ich willentlich die größte Chance meines Lebens vertan.

Ich habe dann Zettel und Visitenkarte an die Pinnwand über meinem Schreibtisch gehängt, von wo sie mich jetzt ansehen, während ich mich über Zahlenkolonnen und Quittungsformulare beuge. Zwischendurch muss ich immer wieder nach oben auf die Handschrift schauen. Angerufen habe ich noch nicht. Ich glaube ja gewöhnlich, was ich sehe, aber was ich hier sehe, will ich einfach noch nicht glauben.

Ein Virtuose

Hubert liebte die Busuki-Musik, die sich leise aus den kleinen staubigen Lautsprechern über dem Ecktisch im Restaurant auf die Männerrunde ergoss. Er liebte die hellenischen Statuen, die überall in Mauernischen standen, und die großflächigen Bilder von kleinen weißblauen Fischerdörfchen an den Wänden. Hubert liebte überhaupt das gemeinsame Ausgehen mit den fünf Freunden ins »Akropolis« alle vierzehn Tage. Mit von der Partie war immer Jürgen, der Steuerberater, ein Bär von einem Mann mit einem gewaltigen Schnauzbart und einer gar nicht dazu passenden fast sanften Stimme. Dabei waren auch Tom, ein jüngerer Journalist mit linken Tendenzen und einem reichen Elternhaus, und Philip, der Friseur mit der wallenden roten Mähne, bei dem sich alle die Haare schneiden ließen. Auch einen Pfarrer hatten sie bei sich – Burkhard, der meist eher schweigsam den Gesprächen zuhörte und nur ab und zu eine

Bemerkung einwarf – und Christian, den Buchhalter einer Fernsehgroßhandlung im Industriegebiet.

Hubert freute sich schon immer eine Woche vor den Treffen in dem griechischen Restaurant, die irgendwann vor ein paar Jahren begonnen hatten. Jürgen und Philip hatten den Anfang gemacht – irgendeine Wette während des Haarewaschens war der Anlass gewesen. Jürgen hatte gewonnen und hatte sich dann von seinem Friseur zum Essen einladen lassen. Es war ein köstliches Gelage gewesen, sie hatten stundenlang geredet, und an diesem Abend war die Idee entstanden, dass jeder von beiden beim nächsten Mal noch zwei Freunde mitbringen würde, die möglichst unterschiedlich im Temperament sein sollten. Je unterschiedlicher, desto besser, denn erst die Kontraste machen das Diskutieren zum Vergnügen. Was wäre das für ein Orchester, das nur aus Flöten oder Kontrabässen bestünde?

Genau aus diesem Grund freute sich Hubert am meisten auf die Abende beim Griechen. Er war von Philip mitgebracht worden und war sofort von den individuellen Redeweisen und den weit auseinanderklaffenden Interessen innerhalb der Runde begeistert gewesen. Je mehr er sie beobachtete, desto mehr fand er die einzelnen Teilnehmer in faszinierender Weise berechenbar. Schon bald war es für ihn ein ausgesprochenes Vergnügen, auf seinen Gesprächspartnern wie auf Instrumenten zu spielen. Wie er darauf gekommen war, wusste er nicht mehr, aber es gelang ihm von Mal zu Mal besser.

Meistens hörte er erst eine Weile den Gesprächen zu, um herauszufinden, welcher Laune die Einzelnen waren, wie müde oder angeregt ihre Stimmen klangen. Nach dem üblichen Hallo und den Witzeleien über die Länge von Philips Haaren und die Themen von Toms Artikeln im Lokalteil begann er – wie er es im Stillen nannte – mit dem Stimmen der Instrumente. Er fragte zum Beispiel Jürgen nach seiner Meinung zu den Steuerreformplänen der Regierung und konnte sicher sein, dass der eher konservativ eingestellte Steuerberater kein gutes Haar an den Absichten des Finanzministers ließ. Nein, das sei alles überhaupt nicht ausgewogen und von der steuerlichen Alltagspraxis habe dieser Mensch überhaupt keine Ahnung. Allein die Diskussion um den Spitzensteuersatz sei eine Katastrophe. An dieser Stelle genügte Hubert ein fragender Blick zu Tom und eine kurze Zustimmung zu Philips Meinung, um den Journalisten in sein Element zu bringen. Das alles klang wie jenes erst leise und dann anschwellende, anscheinend chaotische Streichen und Blasen vor dem Anfang eines Sinfoniekonzerts – ein Ritual, das die eine Hälfte des Publikums als notwendiges Übel erträgt, aber die andere Hälfte als Vorgeschmack auf spätere Genüsse für unverzichtbar hält und von Herzen genießt.

Am meisten Spaß hatte Hubert immer, wenn er sich Burkhard vornahm. Was bot der Pfarrer doch für wunderbare Angriffsflächen: Kirchensteuer und Mitgliederaustritte, interkonfessionelle Streitigkeiten und die lange Liste von im Namen des christlichen Glaubens begangenen Schandtaten. Aber auch richtig theologische Themen schnitt Hubert gern an, um den Pfarrer seine vorhersehbaren Argumente äußern zu hören: »Wie kann Gott das Leid in der Welt zulassen?« – »Wo war er, als die Atombomben auf Hiroshima fielen?« – »Wo, als in Afrika ganze Völker einander abschlachteten?« – »Kann man überhaupt die Existenz Gottes beweisen?« Nicht dass Hubert an den Antworten auf diese Fragen sonderlich interessiert gewesen wäre – er bezeichnete sich selbst gern als Agnostiker –, aber es machte ihm einfach diebischen Spaß, den Pfarrer auf die Palme zu bringen und seine Erklärungsversuche dann mit neuen Fragen abzuschießen.

Heute Abend lief alles mal wieder bestens. Die kleinen, für die anderen unmerklich eingestreuten Bemerkungen, die beiläufigen Sticheleien, die sie gar nicht als solche empfanden, das gespielte Erstaunen, wenn sie eine Meinung äußerten, die er natürlich völlig kalkuliert mit einer geschickten Frage provoziert hatte – alles funktionierte reibungslos. Wie ein berühmter Orchesterdirigent kam er sich vor, der Einsätze gab, Lautstärken an- oder abschwellen ließ und während des Konzertes sogar die Stücke noch improvisatorisch weiterentwickelte. Ja, er war ein Virtuose, der sein Können als Macht empfand und diese Macht zu seinem eigenen Vergnügen einsetzte. Das Einzige, was ihm fehlte, war ein sachverständiges Publikum, zu dem er sich gegen Ende der Vorstellung umdrehen und vor dem er sich elegant verbeugen konnte.

Im normalen Leben war Hubert ein eher unscheinbar wirkender Postbeamter, der nichts zu dirigieren hatte. Die Bearbeitung, Weiterleitung und Durchführungskontrolle von Nachsendeanträgen kann man ja schwerlich als kreative, geschweige denn tonangebende Tätigkeit bezeichnen. Aber in seiner Freizeit war Hubert wissenschaftlich, kulturell und politisch interessiert und bildete sich ständig weiter. Er las alles, was ihm in die Hände fiel, und konnte in vielen der Gespräche beim Griechen nicht nur mitreden, sondern tatsächlich die Unterhaltung mitgestalten. Seine ausgedehnte Lektüre lieferte ihm sozusagen die Melodien und Akkorde, nach denen er seine Diskussionspartituren gestaltete.

Sein Orchester hatte er eben zu einem stimmgewaltigen Tutti animiert, in dem jeder sich irgendwie mit jedem anlegte, als er ein menschliches Bedürfnis verspürte – auch Virtuosen haben solche – und zu den Treppen im hinteren Teil des Lokals ging. Zufrieden in sich hinein schmunzelnd stieg er in den Keller hinunter, vorbei an den Postern vom Tempel des Minotaurus und vom Areopag, und als er ein paar Minuten später wieder nach oben kam, lächelte er schon wieder in Vorfreude auf den Fortgang seines ganz privaten Konzertes.

Aus den Lautsprechern hüpfte gerade ein luftiger Sirtaki, als er sich zwischen den voll besetzten Tischen mit ihren hier schweigsam essenden und dort angeregt parlierenden Gästen zum Stammtisch bewegte. Was hätte er in all diesen Gesprächen für ein Betätigungsfeld! Wie könnte er hier zwischen den Lammkoteletts und den Oliven Einsätze geben, dirigieren, dämpfen und mit den Tempi spielen!

Als er die geschnitzte Stellwand erreicht hatte, die den Stammtisch vom Rest des Lokals abschirmte, hörte er, wie Tom auf der anderen Seite gerade sagte: »Hört mal, ist das nicht rührend, wie vorausberechenbar Hubert heute Abend wieder ist? Habt ihr auch gemerkt, wie er mal wieder versucht, uns gegeneinander aufzubringen? Ich hab ihm den Gefallen getan und den gewohnten bösen Buben aus der linken Ecke gegeben.«

»Klar, du warst wieder sehr überzeugend«, stimmte Jürgen zu. »Aber du musst zugeben, dass ich auch nicht schlecht war. Ich finde den Regierungsentwurf eigentlich gar nicht dumm, aber um Hubert in seinem Element zu erleben, sage ich alles und mime den Erzreaktionär.«

»Ja, man kann auf ihm spielen wie auf einem alten Klavier«, meldete sich Philip zu Wort, »und wenn man genügend Pedal gibt, dann klingt er richtig gut. Allzu schnell darf man aber nicht agieren, denn er ist in letzter Zeit doch merklich langsamer in seinen Reaktionen geworden. Und was er sich so alles angelesen hat, bleibt irgendwie immer mehr an der Oberfläche.«

»Mir tut er leid«, sagte Burkhard. »Jedes Mal bemüht er die ganze alte Kiste mit schon tausendmal aufgewärmten Menschheitszweifeln und biblischen Pseudowidersprüchen, um mich zu ärgern. Wenn es wenigstens seine eigenen echten Zweifel wären. Wenn er nachts nicht darüber einschlafen könnte. Aber das sind doch alles nur Mittel zum Zweck, um mich auf die Palme zu bringen. Ich finde das deshalb so schade, weil ich mich wirklich gern mit ihm über Gott unterhalten würde. Aber die Frage, wo Kain seine Frau hernahm, ist ja wirklich die letzte Karte all derer, die gar nicht bereit sind, eine plausible Antwort anzuerkennen und möglicherweise Konsequenzen für ihre eigenen Überzeugungen daraus zu ziehen. Jammerschade, dass er gar kein richtiges Gespräch will.«

»Sein Gesicht kann immer diesen triumphierenden Ausdruck nur mühsam verbergen.« Das war Christians Stimme. »Wenn ich aus meiner Rolle fallen und mal etwas sagen würde, was er mir nicht zutraut, wäre er wahrscheinlich unendlich enttäuscht. Wie können wir ihm bloß diese Illusion nehmen, er stünde meilenweit über uns? Hat jemand einen Vorschlag für eine möglichst schonende Methode?«

Hubert stand da wie angewurzelt und schaute abwesend im Raume herum. Was er da gerade gehört hatte, konnte er einfach nicht fassen. Sein Blick blieb an den schwertförmigen Blättern der eingetopften Sansevierien hängen, die die gipserne Apollostatue zu enthaupten drohten, und suchte dann den Weg zum Ausgang. Als wäre es eines Virtuosen unwürdig, einfach so zu verschwinden, nickte er wenigstens kurz hinüber zu Sofia hinter der Theke. Aber die legte gerade eine neue CD mit Busuki-Musik ein und hörte nicht, wie die Tür hinter ihm zuschlug. Sie schaute erst auf, als ein Hauch der kalten Abendluft sie erreichte.

Der Vorhang

Die tief stehende Sonne schien durch den Vorhang und malte auf die dem Fenster gegenüberliegende Wand des Zimmers ein Heer von grünen Löwenzahnschirmen. Das war das Erste, was sie sah, als sie an diesem Samstagnachmittag die Augen öffnete. Der ausgedehnte Mittagsschlaf hatte ihr gutgetan und war nach dieser Woche auch wirklich nötig gewesen. Sie schloss noch einmal für ein paar Momente die Augen, doch hinter den Lidern blieb ihr das zarte Gelb des Vorhangs erhalten und erfüllte sie mit einer stillen Heiterkeit und Gelassenheit.

An diesem Vorhang hatte sie nun schon eine ganze Zeit lang ihre Freude, auch wenn der Anlass des Kaufs damals eigentlich alles andere als angenehm gewesen war. Eigentlich war sie es in dem norddeutschen Dörfchen, aus dem sie stammte, überhaupt nicht gewohnt gewesen, Gardinen an den Fenstern zu haben oder diese sogar zuzuziehen. Wer wollte schon in die Fenster des kleinen, am Waldrand kauernden Häuschens schauen, in dem ihre Eltern wohnten? Doch dann war der Umzug nach Süden gekommen, wo sie in einer größeren Stadt die Banklehre begonnen hatte. Hier gab es keine verschwiegenen Winkel, keine Katen hinter Bäumen, aber – wie sie bald feststellen sollte – eine Menge übler Neugier.

Die riesige, hufeisenförmig gebaute Wohnanlage, in der sie ihr Appartement im zwölften Stock hatte, war eine jener Bausünden aus den frühen siebziger Jahren, die wie graue Geschwüre aus dem Rand der Großstädte wuchsen. »Ein Zimmer, Küche und Bad. Traumhafte Lage am Naturschutzpark. Beste Verkehrsverbindungen« hatte es in der Anzeige geheißen. Nun schaute sie bereits seit zwei Jahren nicht etwa auf das kleine Biotop, das tatsächlich zwischen der massiven Wohnburg und der nahen Autobahn lag und nach Aussagen der Botaniker einige seltene, schützenswerte Gewächse beherbergte. Ihr Zimmer lag auf der anderen Seite des Gebäudes, von der aus man rechts auf die tristen Wartungshallen der nahe gelegenen Panzerkaserne schaute. Hinter denen waren aber wenigstens die bewaldeten Bergrücken auf der anderen Seite des Flusses zu sehen, und manchmal zog sie sich einfach so weit ins Zimmer zurück, dass ihr die Fensterbank den Blick auf die schmutzig grauen militärischen Anlagen ersparte.

Schaute sie aus dem Fenster nach links, sah sie die zwanzig mal fünfzehn Fenster des anderen Gebäudeflügels. Und diese Ausblicksmöglichkeit war das eigentliche Problem ihrer Wohnung. Denn genauso, wie sie Fenster und durch sie hindurch Wohnungen sah, genauso konnten Hunderte fremder Augen sie sehen. Es hatte eine ganze Weile gedauert, bis sie das merkte. Einige Monate lang hatte sie nach ihrem Einzug völlig ungeniert ihr bisheriges Leben bei offenem Fenster gelebt, hatte abends noch lange bei voller Beleuchtung im Bett gelesen und hatte morgens noch im Nachthemd hinüber zur aufgehenden Sonne geschaut. Dass sie beobachtet wurde, war ihr nie in den Sinn gekommen.

Bis eines Tages dieser Anruf gekommen war. Eine Männerstimme hatte gefragt, ob er sie denn nicht mal besuchen dürfte. Er könne sie aus seinem Fenster sehen und fände sie sehr attraktiv und sehr nett. Anscheinend koche sie ja immer alleine, und da würde er ihr gern mal Gesellschaft leisten und ein wenig naschen. Mehr konsterniert als wütend hatte sie aufgelegt. Die Wut war erst hinterher gekommen, mit dem Bewusstsein, dass da jemand sie wohl schon längere Zeit beobachtet hatte. Dass er vielleicht sogar ein Fernglas benutzt hatte. Und vielleicht war er ja nur einer von vielen – vielleicht einfach der Einzige, der dreist genug war, sie anzurufen.

Ihre Haltung gegenüber Männern war nach den zwei in die Brüche gegangenen Freundschaften der letzten Jahre sowieso eine Mischung aus Abwehr und Misstrauen gewesen. Und jetzt so etwas. Sie hatte an ein Lied von Gerhard Schöne über die Berliner Hinterhöfe denken müssen: »Der Hinterhof ist scheußlich, der Hinterhof ist schön. Da hört man jeden Ehekrach und jedes Lustgestöhn.« Im Grunde war diese Wohnanlage, dieser gigantische menschliche Ameisenhaufen, beides – ein Ort der viel zitierten Anonymität, aber dann auch ein Ort, an dem ein Mensch vom Lande erst lernen musste, sich seine Privatsphäre zu schaffen und zu bewahren. Sie brauchte einen Vorhang.

Es war ein heißer Sommertag gewesen, als sie ihn aufgehängt hatte. Der Verkäuferin im Kaufhaus hatte sie ihren Wunsch genau erklärt – undurchsichtig sollte der Stoff sein, auf der anderen Seite aber auch das Zimmer nicht zu dunkel machen. Als ihr dann der Stoff mit den Löwenzahnschirmen angeboten worden war, hatte sie sich auf der Stelle in das Motiv verliebt. Vor ihrem inneren Auge hatten auf einmal jene Sommertage geleuchtet, an denen sie als kleines Mädchen auf der Wiese saß, einen dicken Strauß verblühter Löwenzahnblumen in der Hand, und mit dicken Backen eine solche Wolke kleiner Schirmchen in den Himmel pustete, dass sie kaum noch die Wolken sah.

Zu Hause hatte sie ihn, gleich nachdem sie ins Zimmer getreten war, an den Fensterrahmen gehalten und war zufrieden gewesen. Er passte wirklich gut zu der Tapete, und er hatte etwas Fröhliches an sich. Dann hatte sie sich erst mal geduscht und war aus alter Gewohnheit zum Ankleiden aus dem winzigen Bad ins Zimmer getreten. Der Anblick des offenen Fensters erinnerte sie augenblicklich an den Anruf in der letzten Woche, sie griff nach dem Vorhang auf dem Tisch und wickelte sich darin ein wie eine Inderin in ihren Sari.

Mit dem Vorhang hörten die Anrufe aber noch längst nicht auf. »Machen Sie doch mal die Gardine auf. Ich kann Sie gar nicht mehr sehen«, klang es ihr aus dem Hörer entgegen. Oder beim nächsten Mal: »Ich habe richtig Sehnsucht nach Ihnen. Kommen Sie doch mal ans Fenster.« Sie ging zum Hausmeister und beschwerte sich, aber der zuckte nur mit den Achseln.

»Damit müssen Sie hier leben. Sie wissen ja gar nicht, was hier so alles abgeht. Seien Sie froh, dass Ihnen die Kerle nicht irgendwo auflauern.«

Sehr tröstlich. Sollte sie die Polizei benachrichtigen oder erst einmal die Telefongesellschaft? Es gab ja so etwas wie Fangschaltungen, und damit war der anonyme Anrufer vielleicht zu erwischen. Doch als sie hörte, was ein solches Unternehmen kosten würde, beschloss sie zunächst, einfach den Hörer nicht mehr abzunehmen. Und tatsächlich – nach einer Weile hatte der Mann anscheinend die Lust am vergeblichen Wählen verloren.

Eines Abends, nach ein paar Wochen, klingelte es gegen halb acht an der Wohnungstür – gerade als sie ihr Brot, den Gorgonzola und den Schinken auf den Teller gelegt hatte und sich einen Apfelsaft eingoss. Durch den Türspion sah sie im Flur einen jungen Mann stehen.

»Ja bitte? Wer ist da?«, fragte sie, als ob sie ihn nicht sehen könne.

»Mein Name ist Martin Hütherich«, sagte er. »Ich wohne gegenüber von Ihnen im Nordflügel, und ich habe nur eine ganz kurze Frage. Das heißt, wenn Sie nichts dagegen haben«, fügte er hastig hinzu, als die Antwort etwas auf sich warten ließ. »Ich will Sie ganz bestimmt nicht belästigen.«

Ist das vielleicht der Kerl, der mich immer angerufen hat?, dachte sie. Nein, so sah er eigentlich nicht aus. Aber wie sahen denn solche Aufdringlinge eigentlich aus? Wenn er es nun doch war? Zögernd öffnete sie die Tür einen Spalt weit.

Er kam ihr nicht unbekannt vor. Vielleicht hatte sie ihn schon einmal in dem kleinen Einkaufszentrum gesehen, das zur Wohnanlage gehörte. Er war etwa so groß wie sie selbst, vielleicht sogar etwas kleiner, hatte aschblondes Haar, das sich um die Schläfen herum zu lichten begann, und hatte Jeans älteren Datums an. Dafür trug er ein nagelneues Sweatshirt mit der Aufschrift »Outdoor life is fun«. Naja, wenn man mitten in Beton wohnt, muss man sich seine Träume halt auf den Bauch schreiben, dachte sie.

»Und was wollen Sie?«, fragte sie. Eigentlich kam das barscher heraus, als sie es wollte, aber der Gedanke an eine neue Belästigung machte sie unsicher.

»Ich wollte eigentlich nur fragen, woher Sie diesen wunderbaren Vorhangstoff haben. Diese Schirme sehe ich nun schon seit Wochen von meinem Fenster aus, und ich würde mir gern selbst eine Gardine aus diesem Stoff kaufen.« Seine Stimme klang – das merkte sie bei diesen fast entschuldigend gesprochenen Worten – nicht so wie die des ungebetenen Anrufers der vergangenen Wochen. Oder doch?

»Aus einem Geschäft für Vorhänge und Jalousien im Nordwest-Einkaufszentrum«, antwortete sie in einem freundlicheren Ton, als sie vorgehabt hatte. »Es heißt *Drinnen und Draußen*. Vielleicht haben Sie es schon einmal gesehen.«

»Nein, aber ich werde mich gleich morgen auf die Suche machen. Haben Sie vielen Dank für die Auskunft, und ich entschuldige mich noch einmal für die Störung.« Seine Stimme hatte einen warmen Klang, und sein schwäbischer Akzent hatte in ihren norddeutschen Ohren etwas Vertrauen Erweckendes. Obwohl sie die Tür nur mit Bedenken geöffnet hatte, tat es ihr jetzt fast leid, dass er sich schon wieder verabschiedete.

Ein paar Tage später wusste sie, wo er wohnte. In einem Fenster im vierzehnten Stock, schräg über ihr auf der Nordseite, war eine neue Gardine angebracht worden. Sie war nicht gelbgrundig wie ihre eigene, aber die Löwenzahnschirme auf dem hellen Blau waren unverkennbar dieselben wie die auf ihrem Vorhang. Dann war es also keine fingierte Kontaktaufnahme gewesen, sondern ein echtes Interesse. Ob sie ihn wohl noch einmal treffen würde? Sympathisch war er ja gewesen.

Wieder einige Tage danach sah sie in der Schlange vor ihrem Bankschalter ein Gesicht, das sie kannte.

»Ach, arbeiten Sie hier?«, fragte Martin Hütherich. »Ich gehe sonst immer in die Filiale in der Innenstadt. Aber ich bin richtig froh, dass ich Sie hier treffe. Ich wollte mich noch einmal bedanken für den Hinweis auf das Geschäft. Meinen Vorhang habe ich inzwischen aufgehängt, aber ich bin mir noch nicht sicher, ob er wirklich in mein Zimmer passt.«

»Gern geschehen. Was kann ich heute für Sie tun?«

Nachdem sie ihm bei einer Auslandsüberweisung auf ein Konto in Spanien geholfen hatte (»Welchen Namen darf ich als Absender schreiben?« – »Hütherich, mit drei Ha: eins vorn, eins hinten, eins in der Mitte« – »Hahaha«), verabschiedete er sich und sah ihr dabei so gerade in die Augen, dass sie verlegen wurde. Aber unangenehm war ihr dieser Blick überhaupt nicht. Sie wusste nicht, warum, aber sie sagte, als er sich schon zum Gehen umdrehte: »Wenn Sie wieder eine so komplizierte Überweisung haben, helfe ich Ihnen gern.«

»Das ist aber nett. Nein, das kommt bei mir nur selten vor. Aber darf ich mal ganz unverschämt sein? Ich brauchte jemanden, der einen Blick auf meinen Vorhang wirft – ob das Muster überhaupt zu den kleinen Streifen der Tapeten passt. Ich habe da nicht so ein gutes Händchen, weil ich nicht so ein gutes Auge habe.«

Sie haben sogar zwei gute Augen, dachte sie und mochte diese Augen immer mehr. Laut sagte sie: »Ich kann ja mal hinüberkommen und mir beides anschauen. Heute und morgen geht es nicht, aber übermorgen vielleicht.«

Seine Wohnung war zwar einfach eingerichtet, aber – wie sie fand – sehr geschmackvoll. Er hatte wohl doch ein Händchen für solche Dinge und hatte sehr wohl Sinn für Farben und Formen. Der hintersinnige Humor der drei großen Radierungen, die an der

Wohnzimmerwand hingen, sagte ihr auf Anhieb zu, und die Größe seiner CD-Sammlung war zumindest ein Indiz dafür, dass auch er Musik liebte.

»Ich finde, dass Sie den Vorhang sehr gut auf die Tapete abgestimmt haben«, sagte sie anerkennend. »Jetzt können die Schirme auf unseren Gardinen miteinander um die Wette fliegen.«

»Da bin ich aber froh. Ich war wirklich sehr unsicher.« Das musste sie ihm einfach glauben, auch wenn die Wohnung einen sicheren Geschmack verriet. Sie merkte, wie seine Offenheit sie immer mehr für ihn einnahm, denn nach den Lügen, die ihre letzte Freundschaft zur Strecke gebracht hatten, sehnte sie sich nur noch nach Ehrlichkeit. Wenn es jemals wieder so etwas wie Liebe für sie geben sollte, dann musste es ein Mann sein, dessen Aufrichtigkeit außer Frage stand.

In den folgenden Wochen und Monaten sahen sie sich mehrmals wieder, zufällig am Anfang, aber dann immer öfter. Nicht nur er schien die Begegnung zu suchen – auch sie wurde immer einfallsreicher beim Erfinden von Anlässen, ihn zu sehen. Mal stand er vor ihrer Tür und fragte, ob sie als Norddeutsche etwas von Gangschaltungen verstünde – sein Rad hätte plötzlich statt der einundzwanzig Gänge nur noch sieben –, mal rief sie ihn an und bat um etwas Essig für ihren Salat.

Nein, er war sicher nicht der Anrufer. Er war höflich, gebildet und sofort bereit, sich zurückzuziehen, wenn er das Gefühl hatte, sie zu stören. Er war einfach liebenswert. Auf der anderen Seite hatten die Anrufe ja gerade zu dem Zeitpunkt aufgehört, als sie Martin Hütherich kennengelernt hatte. Sie war ärgerlich mit sich selbst, dass ihr solche Gedanken kamen, aber sie konnte sich nicht dagegen wehren, auch wenn sie ihre Gefühle ihm gegenüber immer mehr als Liebe deutete. »Die Liebe glaubt alles, sie hofft alles« – irgendwoher kamen ihr diese Sätze in den Kopf. Beim Hoffen ertappte sie sich ständig, aber das Glauben wollte ihr noch nicht recht gelingen.

Es war ein wunderschöner Winterabend. Die Oliven, das Baguette und den Wein hatte sie aus der Passage neben der Bank mitgebracht, und die beiden erlesenen französischen Käse hatte er irgendwo auf dem Markt aufgetrieben. Als sie einander gegenübersaßen und nicht nur über die Köstlichkeiten dieses Essens, sondern auch über ihre Heimatorte, ihre Erinnerungen und ihre Träume für die Zukunft sprachen, fühlte sie sich verstanden und verstand ihrerseits vieles von seiner eigenen Welt. Wie vieles sie gemeinsam hatten – Vorlieben und Sehnsüchte, Verletzungen und Befürchtungen und vor allem eine unbändige Neugier auf das, was ein gemeinsames Leben ihnen bringen könnte. Die Esstischlampe warf einen Lichtkegel über das Essen, der sie und ihn gerade mit einschloss.

War dieser Martin wirklich der Mann, den zu treffen sie gar nicht mehr zu hoffen gewagt hatte? Oder hatte er sie in all der Zeit, in der sie langsam ihren Widerstand gegen eine neue Bindung aufgegeben hatte, einfach nur erfolgreich getäuscht? Zweifel hatte sie immer noch. Sie wurden mit jeder gemeinsamen Stunde kleiner, aber sie waren noch da. War sie etwa ›kontaktunfähig‹ (so hatte eine Arbeitskollegin sie neulich genannt, als sie wieder mal nach dem Wochenende keine Abenteuer zu berichten hatte)? Nein – dieses Gefühl hatte sie eigentlich überhaupt nicht. Für sie hatte Kontakt etwas mit Takt zu tun, mit Behutsamkeit. Sie musste an die mächtige alte Schleuse des Kanals denken, der hinter den Löwenzahnwiesen an ihrem Elternhaus vorbeiführte. Dort hatte sie manchmal gestanden und beobachtet, wie sich die Tore ganz langsam öffneten und schlossen, aber wenn sie fest verriegelt waren, konnten die Kähne in der Schleuse sicher nach oben und nach unten befördert werden. Solche Sicherheit wünschte sie sich für das Auf und Ab des Lebens. Und diese Sicherheit war nicht schnell zu haben. Dafür brauchte sie Zeit.

Als Martin aufstand und die Teller in die kleine Küche tragen wollte, kam sie ihm zuvor. Dafür brachte er die Butterschale und die Servietten. Auf dem gemeinsamen Weg zum Tisch zurück fasste er von hinten ihre Schultern und drehte sie zu sich um. Sie küssten sich – zärtlich zuerst, und dann noch einmal mit mehr Leidenschaft. Ihre Hände hatte sie um seinen Hals gelegt, und ihre Daumen streichelten von hinten seine Ohrmuscheln.

»Soll ich den Vorhang zuziehen?«, fragte er. »Ich fühle mich so beobachtet.«

»Noch nicht«, sagte sie leise. »Jetzt noch nicht.«

Pitti lächelt

Pitti lächelt. Alle nennen ihn Pitti. Kaum einer weiß, wie er richtig heißt, aber mit einem Hausmeister hat er sich wohl einmal unterhalten und aus seinem Leben erzählt. »Peter Gehring heißt er – oder so ähnlich«, hat es hinterher geheißen. Aus dem »Peter« hat jemand dann »Pitti« gemacht, und so nennen ihn jetzt alle, die durch den langen Gang zu ihren Seminaren gehen.

Vielleicht nur, weil ich schon so lange hier arbeite, weiß ich mehr über ihn, lasse ich mich weniger durch seine verschlissene Kleidung täuschen, und auch nicht durch den strengen Geruch, den er manchmal ausströmt. Wer ihn in diesen Tagen in der Rechtswissenschaftlichen Fakultät der Universität sieht, jenem hässlichen Kasten aus den frühen sechziger Jahren, der hält ihn einfach für ein normales Exemplar der ungezählten Schar von Obdachlosen, die – im Sommer sichtbar, im Winter eher versteckt – in unseren Großstädten ein

Leben aus der Hand in den Mund fristen. Gleich neben seinem Stammplatz hängen an einer großen Wand viele Zettel mit Wohnungsangeboten für Studierende: Plätze in Wohngemeinschaften, Buden unterm Dach in der Altstadt und Zimmer in Wohnheimen gibt es da. Pitti ist ein lebendes Kontrastprogramm, denn sein Schlafplatz scheint irgendwo unter den Brücken am Fluss zu sein.

Die meisten Studenten und Professoren drücken sich mit jener Mischung aus Verachtung, Herablassung und Mitleid an ihm vorbei, mit der sich die Spezies Mensch ihre ärmeren Vertreter vom Leibe hält. Ein Fremdkörper ist Pitti hier. Die meisten Studenten sind im Vergleich zu ihm teuer gekleidet – was nicht bedeutet, dass sie elegant aussehen wollen – viele halten einfach ihren Stil durch, auch wenn der im Understatement besteht. Aber ihre mit teurem Geld bezahlten zerrissenen Jeans sind etwas anderes als Pittis in langen Jahren dünn getragene graue Trevirahosen. Seine groß karierte blau-rote Jacke ist wattiert, und er trägt sie jahraus, jahrein. Nur an heißen Sommertagen packt er sie mit seinen auffällig gepflegten Händen in seinen nachziehbaren Einkaufswagen, der gewöhnlich vor prall gefüllten Plastiktüten überquillt.

Seine einzige für die Studenten sichtbare Tätigkeit ist es, die Kaffeebecher wieder einzusammeln, die, aus der Cafeteria mitgenommen, irgendwo im Gebäude stehen geblieben sind. Man bekommt, wenn man sie zurückbringt, das Pfand wieder, das man bezahlt hat, aber diese fünfzig Cent sind für viele Kaffeetrinker die Mühe des Weges nicht wert. Für Pitti haben diese Tassen einen Wert, denn wenn er sie abliefert, darf er das Pfand behalten. Aber nicht nur er freut sich über diese Möglichkeit, sondern auch die Frauen, die in der Cafeteria arbeiten. Wenn er mit beiden Händen voller Kaffeebecher bei ihnen auftaucht – jeden Finger sorgsam durch einen oder sogar zwei Henkel gesteckt – sind sie froh, nicht selbst durchs Gebäude gehen zu müssen, um genügend Becher für den Rest des Tages zu haben. Diese Frauen sind es auch, die ihm ab und zu ein Brötchen zustecken oder ihm zu Weihnachten ein Päckchen packen, in dem auch ein Schein aus der Trinkgeldkasse versteckt ist. Wenn er solche Geschenke bekommt, lächelt er dankbar.

Pitti lächelt fast immer. Er lächelt vor sich hin oder einem unsichtbaren Gegenüber zu oder ins Leere hinein. In seinem von tiefen Falten zerfurchten Gesicht mit dem kleinen schmalen, bis zum Kehlkopf reichenden Bärtchen zeigen die Mundwinkel deutlich nach oben. Ob sein Lächeln aber ein Ausdruck von Fröhlichkeit ist, kann man kaum sagen. Es könnte auch ein Ausdruck von Bitterkeit sein, so als stünden dahinter die Sätze: »Hab ich doch erwartet. Schon wieder eine Enttäuschung. So ist das Leben halt.«

Lange Zeit habe ich mich gefragt, was Pitti wohl früher trieb – so wie ich mir immer beim Anblick von gestrandeten Menschen den Schiffbruch vorzustellen versuche, der sie in ihre Lage gebracht hat. War es beruflicher Misserfolg, Faulheit, Mobbing, eine Firmenpleite oder eine der globalen Wirtschaftskrisen? Waren es familiäre Konflikte, Krankheiten, übermächtige Verlusterfahrungen? Oder war es einfach soziale Platzangst, der

Wunsch, aus den bürgerlichen Regelhaftigkeiten auszubrechen, pure Abenteuerlust vielleicht? Je mehr ich mich in die sichtbaren Außenseiter unserer Gesellschaft hineinversetze, desto mehr zeigen sich Möglichkeiten über Möglichkeiten, wie man auf den Parkbänken eines reichen Landes landen kann.

Was sich mir unauslöschlich eingeprägt hat, ist jener Sommertag, an dem ich erfuhr, wer Pitti wirklich ist. Im großen Hauptflur der Rechtswissenschaftlichen Fakultät herrschte das um die Mittagszeit gewohnte Treiben. Studenten und Professoren standen in langen Schlangen vor der Cafeteria an, um einen Happen für eine kurze Mittagsmahlzeit zu kaufen – belegte Brötchen, Joghurts, Gebäck oder auch kleine Salate auf Plastiktellern. Genau die leicht in Massen herzurichtenden Kleinigkeiten, die es in Kiosken und Werkskantinen gibt.

Da, wo sich der Hauptflur mit dem Gang kreuzte, der zu den Hörsälen führte, saß Pitti wieder an seinem gewohnten Tisch, lächelte durch das große Fenster in den Innenhof und redete mit einem unsichtbaren Gegenüber. Er hatte eine ziemlich modische Sonnenbrille auf, über deren linkes Glas allerdings ein deutlicher Sprung lief. Eine hörbare Unruhe an der gegenüberliegenden Wand ließ ihn aufschauen. Sein Blick war noch irgendwo in einer anderen Wirklichkeit, aber seine Ohren schienen die aufgeregten Stimmen, die hin- und hergeworfenen Fragen schon zu erfassen. Ein junger Mann lag am Boden – halb auf dem Rücken, halb auf der Seite, von seinem Rucksack in eine unbequeme Lage gezwängt. Die umstehenden Studenten wirkten völlig hilflos.

»Kennt ihn jemand?«

»Ich nicht, aber das ist doch jetzt auch egal. Der scheint echte Probleme zu haben. Schaut euch mal seine Gesichtsfarbe an. Und die feuchte Stirn.«

»Ja, und seine Haut ist ganz kalt. Das war eben zu spüren, als ich ihn aufgefangen hab.«

»Was kann das denn sein? Hat der einen Herzinfarkt?«, fragte eine dünne hohe Stimme.

»Na, vielleicht hat er auch nur eine Kreislaufschwäche. Soll ja vorkommen, jetzt zur Klausurenzeit.«

»Hallo, kannst du uns sagen, wie wir dir helfen können?« Eine Studentin, die eigentlich eher schüchtern zugehört hatte, beugte sich über die am Boden liegende Gestalt. »Brauchst du irgendwelche Medikamente?«

Der Angesprochene zeigte keine Regung.

»Kann mal jemand einen Krankenwagen bestellen?«, fragte ein untersetzter Rothaariger und kniete sich neben den Mann auf den Boden. »Ich versuche einfach mal, ihn von diesem Rucksack herunterzubekommen. Der muss ihm doch die Luft abdrücken.«

»Lass das bloß sein. Am besten nicht bewegen«, warnte einer aus der zweiten Reihe.

Inzwischen war Pitti aufgestanden und schaute völlig wach herüber. Sein Blick hatte nichts Verträumtes mehr, und seine immer etwas gebeugte Gestalt hatte sich kerzengerade aufgerichtet. Das war nicht mehr die Mitleidsfigur all der Jahre, nicht mehr der scheinbar von seiner Umwelt abgeschottete Penner mit den Wahnvorstellungen. Es war, als hätte jemand in seinem Hirn einen Hebel umgelegt, und als er auf die Gruppe zuging, machte man ihm bereitwillig eine Gasse.

»Ich hab die Notrufzentrale dran«, sagte gerade die dünne hohe Stimme. »Wie soll ich denen denn beschreiben, was dem hier fehlt?«

»Lasst mich mal ran.« Keiner der Umstehenden zögerte, dieser Stimme zu gehorchen. Die hagere Gestalt beugte sich über den reglosen Körper, warf einen Blick auf die Gesichtsfarbe, fühlte den Puls und nahm mit seiner auch heute gepflegten Hand die Hauttemperatur wahr.

»Wo ist das Telefon?« Auch hier keine Widerrede. Man reichte es ihm, und er sprach in einem sachlichen Tonfall, dessen Festigkeit an der Autorität des Sprechers keinen Zweifel aufkommen ließ. »Doktor Peter Gehring am Apparat. Der Patient weist alle Anzeichen eines mittelschweren anaphylaktischen Schocks auf, Stadium 2 oder eher 3. Ich hoffe, Sie haben das Nötige im Wagen. Was die allergische Reaktion ausgelöst hat, ist im Augenblick nicht festzustellen. Sagen Sie den Sanitätern, sie sollen sich beeilen.«

Er gab das Telefon zurück, beugte sich über den Patienten, hob seinen Oberkörper hoch, nahm ihm den Rucksack ab und sagte irgendetwas mit leiser und beruhigender Stimme zu ihm. Die Zuschauer ignorierte er. Inzwischen war die Menge der Schaulustigen beträchtlich angewachsen. Brötchen kauend und Kaffee schlürfend waren sie aus der Cafeteria gekommen, aber jetzt kaute niemand mehr.

War das wirklich Pitti, oder war es ein Doppelgänger? Die Gesichter waren ratlos. Das sollte Pitti sein – Gegenstand zahlloser Witzeleien und abschätziger Bemerkungen? Pitti, um den man geflissentlich einen Bogen machte, nicht nur des Geruchs wegen?

Als die Rettungssanitäter im Laufschritt mit ihrer Trage kamen, schaute er nur kurz auf und nickte ihnen zu.

»Handschuhe bitte.« Knapp kam die Forderung, und die beiden jungen Männer gehorchten wie zwei OP-Schwestern. Pitti streifte die Plastikhandschuhe mit geübten Griffen über die Hände und begann, den Inhalt des hingehaltenen Medikamentenkoffers zu prüfen. Zielsicher entnahm er verschiedene Ampullen, überflog noch einmal die Aufschriften und verlangte eine Spritze.

Schüchtern fragte der ältere der Sanitäter: »Und Sie sind dieser Doktor Peter Gehring, der eben mit der Zentrale gesprochen hat? Sagen Sie mal – ein Professor Gehring war doch der frühere Chefarzt unserer Städtischen Kliniken, der dann eines Tages verschwunden war und von dem immer noch alle erzählen.«

»Kein Gehringerer als Professor Doktor Peter Gehring, angenehm. Kleiner Scherz meinerseits. Aber jetzt gebt mir bitte endlich die Spritze. Der Patient hier atmet schon sehr unregelmäßig.«

Es dauerte lange, bis seine Bemühungen erste Erfolge zeigten, aber als der junge Mann wieder zu sprechen begann und von den Sanitätern auf die Trage gelegt und den Gang hinunter zum Ausgang transportiert wurde, gab es lauten und anhaltenden Beifall von den inzwischen zahlreichen Umstehenden. Mit diesem Klatschen reagierten sie sich offensichtlich nicht nur die Anspannung der vergangenen halben Stunde ab, sondern sie zollten einem Menschen Anerkennung, der genau das fertiggebracht hatte, was sie alle gern getan hätten. Vielleicht war es auch eine verschämte Wiedergutmachung für die häufigen unverschämten Bemerkungen, mit denen sie dieses Stück gesellschaftlichen Abfalls innerlich bedacht hatten.

Natürlich hätten wir alle gern gewusst, was Herrn Professor Doktor Gehring vom weithin anerkannten Arzt zum Obdachlosen gemacht hatte, aber keiner wagte ihn das zu fragen. Er zog die Handschuhe aus, reichte sie einem der Zuschauer und bahnte sich einen Weg hinüber zu seinem Stammplatz. Mit jedem Schritt schien er ein Stück seiner Autorität abzugeben. Seine Haltung wurde krummer, sein Blick abwesender. Und nach kurzer Zeit saß er wieder auf seinem Stuhl am Fenster und lächelte und redete vor sich hin.

Das war vor einigen Jahren. Von der damaligen Studentengeneration halten sich nur noch Restbestände in den Instituten. Die meisten der jungen Leute, die inzwischen hier studieren, haben keine Ahnung – woher auch? –, wer der alte Mann ist, diese Mitleidsfigur, die immer an dem großen Fenster sitzt und mit sich selber redet oder mit Kaffeebechern durch die Gänge schlurft. Aber was sie ihm auch antun mit ihren Witzeleien, mit ihren verächtlichen Blicken, mit ihrer nonkonformistischen Arroganz, das tun sie dem profiliertesten Arzt der Stadt an. Und wenn sie ihm einmal etwas Gutes tun – ihm eine Tasse Kaffee oder einen Schokoriegel anbieten oder ihm helfen, seinen Einkaufsrolli durchs Treppenhaus zu tragen – dann tun sie das, ohne es zu wissen, einem Menschen an, der mehr Menschen Gutes tat, als sie es wahrscheinlich jemals werden tun können.

Sommerschnupfen

»Es ist zum Heulen«, sagst du und heulst, während du in deinem Strandbeutel nach den Papiertaschentüchern kramst. Die lang ersehnten schönsten Wochen des Jahres, die kostbaren Urlaubstage, verbringst du in traumhafter Umgebung bei idealem Wetter – und hast den schlimmsten Schnupfen seit Jahren. Die Augen tränen, die Haut auf der Nase ist gereizt und brennt, wenn du Sonnenmilch aufträgst, und von den geliebten Düften der Insel bekommt dein Geruchssinn nichts mit. Kein Lavendel- und kein Rosmarinduft, wie er dir sonst auf deinen Motorrollerfahrten über das Gesicht streift, von den intensiven Gerüchen des Hafens ganz zu schweigen. Und wenn du an den Geschmack der Fischgerichte und der Lammspieße, an den Schafskäse und den erdigen Roséwein denkst, wirst du erst recht schwermütig. Da hättest du doch am besten gleich zu Hause im Freibad sitzen bleiben können – in Sichtweite der Düngemittelfabrik und mit einer Tüte pappiger Pommes frites in der Faust.

Das Ärgerlichste aber ist der Grund deiner Erkältung. Es war ja nicht einfach dieser Wolkenbruch, der vor drei Tagen um die Mittagszeit über die Insel fegte und die meisten Feriengäste völlig überraschte. Den hattest du weise vorausgeahnt, hattest die Wolkentürme gesehen, und warst – vorsorglich mit einem Schirm ausgerüstet – rechtzeitig aus dem Café in der Stadt aufgebrochen. Dort hattest du bei einem Mokka die heimische Zeitung vom Vortag gelesen und hättest die Strecke zu deinem Hotel draußen am Ortsrand gut geschafft, bevor der Himmel seine Schleusen öffnete, wenn da nicht plötzlich diese junge Mutter auf dem Bürgersteig gestanden hätte. Ein Rad des umgekippten blauen Kinderwagens lag im Rinnstein, ein etwa zweijähriges Mädchen saß weinend daneben, und das sicher noch nicht einjährige Kind auf dem Arm der Frau schrie wie am Spieß.

Du hörtest dich sagen: »Kann ich Ihnen helfen?« (eine wahrhaft intelligente Frage in dieser Situation), und dann hörtest du sie antworten: »Oh, Sie schickt der Himmel. Ich weiß nicht, wie ich nach Hause kommen soll.« Der Himmel schickte, während du dich an der Reparatur des Kinderwagens versuchtest, zunächst einmal dicke Tropfen und einen in kürzester Zeit unangenehm abkühlenden Wind. Natürlich hattest du ihr gleich den Schirm angeboten, der sie und eins der Kinder vor dem Schlimmsten bewahrte. Aber der Regen wurde heftiger, weit und breit war keine Gelegenheit zum Unterstellen in Sicht, und die Befestigung des Rades erwies sich als unmöglich. So wart ihr zusammen zu ihrer Adresse in dem bergwärts gelegenen Teil des Ortes aufgebrochen – sie mit dem Schirm und dem kleinen Kind auf dem Arm und du mit dem Mädchen an der Hand und dem halb gezogenen, halb getragenen Kinderwagen in der anderen. Das Mädchen wollte auch getragen werden und schrie herzerweichend. Dass du dich mit bloßem Oberkörper gegen den Wind stemmtest, weil du der Kleinen dein Hemd übergeworfen hattest, war inzwischen gleichgültig. Du hattest sowieso keinen trockenen Faden mehr am Leib.

»Sie schickt der Himmel.« Herzlichen Dank für diesen Himmel, der, während er dich schickte, um anderen aus der Patsche zu helfen, gleichzeitig dich in die Patsche beförderte. Du hättest schon längst trocken in deinem Hotelzimmer sitzen können, die Zeitung vor dir, ab und zu einen Blick auf die Sintflut draußen werfend. Der Regen hätte von dir aus ohnmächtig von außen an die Scheiben peitschen und dir das wohlige Gefühl eines Daches über dem Kopf geben können, selbst wenn es nur ein gemietetes Zuhause war. Aber so erreichten dich die Fluten von überall: von oben, von unten durch die Bindfadensohlen deiner Espadrillos und von der Seite, wenn wieder ein Auto zielsicher durch eine der ausgedehnten Pfützen am Straßenrand fuhr.

Schließlich standet ihr vor einem jener hässlichen Wohnblocks, wie sie von Spekulanten an den Rand der Stadt gebaut worden waren – mit eckigen Formen und jenem beigen Putz, der sich bei Regen in ein matschiges Braun verwandelt. Auf einigen Balkonen hingen Wäschestücke – eigentlich zum Trocknen aufgehängt, aber inzwischen wieder so völlig durchweicht, dass sie in den heftigen Windböen aneinanderklatschten wie schmutzig graue Flügel. Der Regen trommelte immer noch auf den Asphalt, und der Plattenweg, der bis zum Eingang führte, war wie ein Deich zwischen den rechts und links angesammelten Pfützen.

Die paar Oleander vor der Haustür ließen regenschwer die Blüten hängen. Aus den Briefschlitzen hingen nasse Zeitungen, abgeknickt wie die Kekse, die du im Café in deinen Cappuccino getaucht hattest. Wenigstens stand die Eingangstür offen, und ihr konntet euch in den Hausflur flüchten. Dass ihr dann noch durch das muffige Treppenhaus bis in den dritten Stock steigen, schleppen, stolpern musstet, passte zu diesem ganzen Nachmittag. Das Schild an der Wohnungstür war eins von den getöpferten, die nicht nur den Familiennamen, sondern auch noch alle Vornamen der Bewohner angaben, und beim Anblick der sechs Namen warst du froh, dass du es nicht mit allen vier Kindern dieser Familie auf einmal zu tun gehabt hattest.

Nach dem stürmischen Klingeln hörte man innen eilige Schritte, und die Tür ging auf.

Der Ehemann erfasste mit einem Blick, was sich abgespielt hatte, nahm seiner Frau den Säugling ab, ließ euch in den Flur und sagte zu dir: »Sie sind ein Engel.« Während er den Kopf des zitternden Kindes über seine Schulter legte und die Frau mit dem größeren Mädchen im Bad verschwand, standest du mit dem lädierten Kinderwagen an der Garderobe und versuchtest, weil es für dich nichts anderes zu tun gab, unter dem Geräusch der Haartrockner aus den verschiedenen Zimmern noch einmal, das Rad an der verbogenen Achse zu befestigen.

Der Ehemann hatte bald nicht nur den Kleinsten gewindelt und frisch eingekleidet – er hatte wohl auch in der Küche den Herd angestellt und den köstlichen Geruch einer Fischsuppe mit viel Majoran auf den Weg zu dir geschickt. Nachdrücklich lud er dich ein, an dem langen Tisch im Esszimmer Platz zu nehmen und dich von innen zu wärmen. Du lehntest ab, denn auch die beste Suppe schmeckt nicht, wenn Hemd und Hose wie eine zweite, kalte Haut auf dem Rücken scheuern.

»Vielen Dank, ich glaube, ich muss ins Hotel und mich umziehen. Sonst hole ich mir noch eine Erkältung. Der Regen hat ja inzwischen aufgehört.«

Du hättest ruhig sitzen bleiben und Suppe essen können, denn die Erkältung war bereits freiwillig zu dir gekommen – du brauchtest sie dir gar nicht mehr zu holen.

Schließlich kam auch die Mutter wieder aus dem Bad, hatte sich umgezogen und sah in ihrem weißen Jogginganzug und den frisch getrockneten Haaren wunderbar jung und wieder ganz munter aus – jedenfalls nicht so fertig wie du nach der Anstrengung. »Vergelt's Gott«, sagte sie zum Abschied und drückte dir einen leichten Kuss auf die Wange. »Und schicken Sie uns bitte die Rechnung für die Reinigung.«

Ja, und jetzt sitzt du hier – fühlst dich weder als Engel, noch als vom Himmel geschickt, und schon gar nicht als von Gott belohnt. Nein, du bist kein Engel, und willst auch keiner sein. Du kennst dich selbst zu gut und kennst viel zu viele Schwächen an dir. Selbst wenn du wolltest, würdest du wahrscheinlich nicht die Eignungstests als Engel bestehen. Dir fehlen die Flügel, die du für den Job brauchen würdest, und so, wie du die Arbeitszeit und sonstigen Anforderungen einschätzt, würde dich eine solche Aufgabe schlicht überfordern. Engel werden außerdem mit Sicherheit auch noch schlecht bezahlt, müssen sich jedenfalls mit einem Gotteslohn begnügen.

Oder gibt es auch Engel wider Willen? Sind wir vielleicht in dem, was wir tun, gar nicht so frei, wie wir immer denken? Aber wenn du schon ein Engel sein sollst – warum schickt denn jetzt niemand *dir* einen Engel? Wohin du auch siehst: lauter wohlbeleibte, braun gebrannte Urlauber, von denen keiner im Entferntesten zu denken scheint, er könnte ein Engel für dich sein.

Egal. Eines steht fest. Nie wieder wirst du das tun, was du getan hast. Wann immer jetzt jemand hilflos am Straßenrand steht, wirst du dich zur anderen Seite umdrehen, geflissentlich auf Straßenschilder oder in Schaufenster schauen und so tun, als sähest du diesen Menschen nicht. Ein Sommerschnupfen reicht dir.

Du wirst dich an jeder fremden Hilflosigkeit vorbeidrücken und deiner Wege gehen.

Nie wieder wirst du so etwas tun. Heute Nachmittag jedenfalls nie mehr.

www.lzm.org

Ein vielstimmiger Chor von Amseln strengt die langsam nachlassenden Kräfte an, um das Terrain gegen die Krähen zu behaupten, die schon ihre Soloauftritte für den Rest des Jahres einüben. Den Blättern in ihrem wirbeligen Flug sieht man den Tod längst noch nicht an, der seit dem Augenblick ihres Abflugs vom Baum beschlossene Sache ist. So leuchtend gelb, orange und rostrot, wie sie zu Boden tanzen, sehen sie aus wie vom Himmel fallende Einladungen zu einem großen Fest.

Dieser Herbsttag ist eigentlich viel zu schön, als dass man ihn im Haus verbringen dürfte; man sollte sich auf die bunte Symphonie draußen konzentrieren und nicht auf einen Computerbildschirm. Aber vor einem solchen sitzt Ben nun bei hochgezogenen Jalousien schon seit drei Stunden. Er summt vor sich hin, tippt Sätze, Adressen und Passwörter, blättert in den Aufzeichnungen auf seinem Schreibtisch und spitzt ab und zu die Lippen zu einem amüsierten Pfeifen. Als sich die Tür öffnet und Max, der Zimmernachbar, den Kopf hereinsteckt, ist Bens Summen gerade vor Erstaunen verstummt.

»Hallo, Ben, was machst du denn gerade? Ersteigerst du dir gerade deine dritte so gut wie neuwertige Stereoanlage oder wieder mal einen angeblich unzerstörbaren Fahrradschlauch? Oder holst du dir Börsentipps?«

»Nein, ich war nur gerade am Surfen und bin auf eine ganz heiße Adresse gestoßen. Ich fasse es eigentlich immer noch nicht. Das Einzige, was ich als Suchbegriff eingegeben habe, war mein Name. Wie man das eben so tut – um mal zu sehen, wo man überall Namensvettern hat. Und was bekomme ich? Eine Website, auf der nicht nur mein Name auftaucht, sondern auch mein Geburtsdatum, meine Adresse und sogar die Adressen, wo wir früher gewohnt haben.«

»Wer kann denn so etwas wissen? Wenn das ein kommerzieller Betreiber ist, wäre das mit Sicherheit ein Fall für den Datenschutz.«

»Die Adresse ist ›www.lzm.org‹. Aber was das bedeutet, weiß ich noch nicht.«

Max ist sehr aufmerksam geworden. Alles, was nach Internetbetrug oder Verletzung von Persönlichkeitsrechten riecht, ist ihm schon immer ein Dorn im Auge gewesen. »Lass doch mal sehen. Nein, die hab ich auch noch nicht gesehen. Scheint aber gut gemacht zu sein.«

»Ja, es gibt wohl vor allem jede Menge Vernetzungen zwischen den einzelnen Seiten und Untermenüs. Text ist allerdings kaum zu sehen, und ich kann keinerlei Impressum entdecken. Ich war gerade dabei, auf ›CV‹ zu klicken. Was das heißt, weiß ich zwar nicht ...«

»Das könnte das englische Wort für ›Lebenslauf‹ sein: ›Curriculum vitae‹.«

»Klingt eher lateinisch.«

»Ist es ja auch. Aber die Engländer haben es halt übernommen. Klick doch mal drauf. Vielleicht bekommst du ja deinen eigenen Lebenslauf serviert.«

Ben klickt auf das Symbol mit den hoffnungsfroh grünen Buchstaben und schaut ratlos drein. »Komisches Bild. Sieht aus wie eine lange Wurst mit verschiedenfarbigen Scheiben. Was hat das denn mit mir zu tun?«

Langsam gerät Max ins Forscherfieber.

»Lass mal sehen. Diese Symbole unten scheinen die Farben zu erklären. Hier, wo die Scheiben goldgelb sind, steht eine Sonne. Hier bei Rot ist ein Kreuz, wahrscheinlich ein Krankenhaussymbol. Da, wo es grau ist, ist ein Sarg abgebildet. Seltsam. Und ganz am Ende ist die Wurst dunkelgrau, fast schwarz. Warte mal – in der Leiste darüber stehen entlang der Scheiben auch noch Jahreszahlen. Ich kapiere das nicht.«

Ben steckt sich eine Zigarette an und nimmt einen ersten tiefen Zug. »Doch, ich glaube, ich weiß, was das bedeutet«, sagt er. »Schau mal hier: Der Abschnitt 1987 ist fast zur Hälfte rot. Von Februar bis August 1987 lag ich zuerst mit dem gebrochenen Bein im Krankenhaus und dann hinterher in der Rehaklinik. Ich sage dir: Das waren vielleicht Schmerzen! Ich glaube, die Leute von dieser Website wissen alles über meine Krankheiten. Sind die vielleicht von einer Versicherung?«

»Kann ich mir kaum vorstellen. Wie sollten die denn die roten Abschnitte in 2015 vorausahnen können? Hier – schau dir das mal an: eins – zwei – drei Monate Krankenhaus. Und hier in 2024 schon wieder. Dazwischen so eine rötliche Einfärbung. Also, wenn das Krankheit bedeutet, dann scheint es dir von 2020 bis 2024 überhaupt nicht gut zu gehen.«

Ben ist sehr nachdenklich geworden, zieht an seiner Zigarette und legt sie auf den Aschenbecherrand, wo sie vor sich hin glimmt. »Und hier dieses Dunkelgrau mit dem Sargsymbol – was heißt das nun schon wieder? Warte – hier vorn in 1993 ist schon mal eine ganz lange Strecke dunkelgrau. Du – ich fasse es nicht. Der Anfang ist genau der Zeitpunkt, als mein älterer Bruder verunglückte, mit dem ich mich so gut verstanden hatte. Da hab ich monatelang immer nachts von ihm geträumt.«

Als hätte sie auf ihr Stichwort gewartet, schreit vor dem Fenster eine Krähe mit klagendem Tonfall. Max schaut Ben an, der seine Zigarette inzwischen völlig vergessen hat. »Langsam wird mir die Sache unheimlich. Das sind ja wirklich Dinge, von denen ich als dein bester Freund nichts gewusst habe.«

»Ja, mir geht es genau so. Was ich aber am schlimmsten finde: Wenn die schon so detailgenau meine Vergangenheit kennen, dann stimmt vielleicht auch das, was sie von meiner Zukunft zeigen.«

»Sag mal, kann man das nicht eventuell manipulieren? Ich meine, kann man nicht vielleicht einfach das dunkelgraue Ende hier gelb einfärben? Dann hätte man doch deinen Tod irgendwie verschoben. Du – das versuchen wir mal. Komm, ich markiere diese Fläche ganz am Ende, und dann drücke ich auf *Farbe übertragen* ...«

Ben verfolgt die Prozesse auf dem Bildschirm und sieht ein Fenster mit blinkender roter Schrift erscheinen. »Mist. Das geht nicht. ›Nichtautorisierter Zugriff verweigert.‹ Die machen das einfach nicht. Anscheinend kann man dem Sensenmann nicht so leicht die Sense wegnehmen.« Fragend schaut er Max an. »Aber vielleicht kann ich ein paar von den roten Abschnitten verkürzen. Warte – markier doch mal eine Woche Krankenhaus und drück dann auf *Entfernen* ...«

»Spitze«, sagt Max. »Das hat geklappt. Komm, da machen wir jetzt weiter. Hier ist noch ein langer roter Abschnitt; den löschen wir auch noch.«

Bens Zigarette ist jetzt mehr Asche als Tabak, aber er ist inzwischen Feuer und Flamme. »Und hier vorn ist ein noch längerer. Lösch den gleich mit. Ja, den hier auch. Und den.« Während Max konzentriert der Grafik eine Krankenhauszeit nach der anderen abringt, fängt Ben an zu träumen. »Sag mal, wenn das wirklich hieße, dass wir alle Krankheiten löschen könnten, dann hätte nicht nur ich ein schmerzfreies Leben, sondern dann können wir als Nächstes deinen Namen laden und bei dir dasselbe tun. Und wir könnten anderen Leuten das als Service verkaufen. Ich glaube, wir werden richtig reich. Max, wir gehen damit an die Börse!«

»Klingt alles sehr verlockend. Aber ich sehe hier die ganze Zeit etwas, was mich beunruhigt. Ist dir schon mal aufgefallen, wie lang dein Leben nach dieser Operation ist?«

»Nein – was meinst du damit?« Ben ist noch so fasziniert von seinen Plänen, dass er den besorgten Unterton in der Stimme seines Freundes erst allmählich wahrnimmt.

»Sieh doch mal hier: Hier steht die Zahl der dir verbleibenden Lebenstage: 11544. Vorhin, bevor wir die Krankheitstage und -wochen gelöscht haben, waren es 15671. Soll das etwa heißen, wir haben dir zwar eine Menge von Krankheitszeiten erspart, aber dabei dein Leben doch ziemlich drastisch um – warte mal – runde zwölf Jahre verkürzt. Wolltest du das? Schmerzfrei leben, aber dafür ein Dutzend Jahre weniger leben?«

»Natürlich nicht, du Idiot. Natürlich will ich so lange leben, wie es geht. Mach das sofort rückgängig!«

»Nun reg dich doch nicht auf«, beschwichtigt ihn Max. »Ich bin ja schon dabei und tu mein Möglichstes. Aber wo kriege ich deine Leidensjahre wieder her? Kannst du mal nachsehen, ob die im Zwischenspeicher sind?«

»Wart mal – hier – nein, hier – nein. Das darf doch nicht wahr sein. Diese Jahre sind glatt verschwunden. Ich fasse das nicht. Tu doch was und sitz nicht so blöd hier rum. Ich will leben, und zwar lange!«

Max hat sich sichtlich verfärbt und hat inzwischen kleine Schweißperlen auf der Stirn. »Jajaja. Ich versuch es ja. Vielleicht ist das

Ganze ja noch nicht gespeichert, und wir können durch einen Neustart den alten Zustand wiederherstellen.«

»Nun mach schon«, drängt Ben. »Neustart.«

Als wäre es ihm auf einmal zu dunkel im Zimmer, geht er zum Fenster und zieht kräftig an der Schnur, die die Jalousie bewegt. Aber die ist schon so weit geöffnet, dass durch seinen Versuch nur die Schnur reißt. Bevor die Lamellen mit einem lauten Kreischen ganz nach unten rattern, wirbeln noch ein paar gelbe Blätter ins Zimmer.

»So ein Mist!« Man merkt Bens Stimme an, dass er damit nicht nur das Malheur mit dem Vorhang meint. Max hat inzwischen das Notebook wieder gestartet und versucht mit fliegenden Fingern die Internetseite zu finden.

»So, jetzt noch mal. Wie war die Adresse?«

»www.lzm.org, glaube ich.« Ben stellt sich hinter Max und schaut ihm über die Schulter. Seine Hände halten sich krampfhaft an der Stuhllehne fest.

»Ja, hier kommt die Homepage«, sagt sein Freund. »Du – und hier steht doch auch der volle Name: ›LebensZeitManagement‹. Ich wüsste zu gern, wer dahintersteckt. Technisch müssen diese Leute mit ihren Informationen über die Zukunft auf alle Fälle um Lichtjahre weiter sein als der Rest der Welt. So – und wie ging es nach der Homepage weiter?«

»Lass mich mal ran.« Ben drängt ihn fast vom Stuhl, so angespannt ist er inzwischen. »So, hier anklicken, und jetzt hier. Da ist mein Leben wieder.« Nach einer langen Pause, in der er erst verarbeiten muss, was er auf dem Bildschirm sieht, schlägt er mit der flachen Hand auf den Tisch. An seiner abgelegten Zigarette zittert der lange Aschezylinder, aber er fällt noch nicht ab. »Mist. Die haben deine Änderungen gespeichert. Ich habe nur noch 11544 Tage.«

»Du.« Max lockert sich den Hemdkragen. Er ist lange still gewesen, aber nun fühlt er, dass er etwas sagen muss.

»Ja?«

»Es tut mir wirklich leid. Ich wollte dir doch nur das Leid ersparen. Vielleicht hätten wir es nicht löschen sollen, sondern nur ein bisschen anders färben? Nein, dann hätte es wahrscheinlich wieder geheißen: ›Nichtautorisierter Zugriff verweigert.‹ Wenn das alles wirklich stimmt, was wir hier sehen, dann scheint es so, als ob Leiden irgendwie zu einem langen Leben dazugehört. Oder dass das Leben kürzer wird, wenn man das Leiden entfernt.«

Ben schaut auf die heruntergerutschte Jalousie. »Diese Sprüche kannst du dir sparen. Es ist doch klar, dass ich jetzt zu früh sterben werde. Verstehst du? Zwölf Jahre zu früh! Dabei könnte ich ohne deine Manipulationen noch zwölf Jahre weiterleben.«

»Zwölf Leidensjahre …?«, fragt Max ganz leise.

Durch die geschlossenen Jalousien lassen sich immer noch die Amseln hören. Aber in ihr trotzig jubilierendes Konzert mischen sich immer lauter die heiseren Rufe der Krähen.

Stille Nacht

Ruhe bitte! Ruhe!« Eigentlich hätte er sich seine Worte sparen können, denn die Sänger produzierten weiter den unbestimmbaren Geräuschpegel – mal etwas lauter, dann wieder gedämpfter, aber immer störend – der nur in Chorproben möglich ist. Kaum machte er sich mit den Sopranstimmen an die Feinheiten von Pianissimo und Mezzoforte, schon murmelten, fragten, antworteten, kicherten, lachten alle anderen Stimmen. Wenn dann der Tenor seinen Part übte (den er auch nach sieben Wochen intensiver Arbeit noch nicht richtig konnte), gesellten sich die Damen vom Sopran umgehend zu den Störenfrieden. Was da so viel interessanter als die Probe war, konnte er nicht heraushören; zu diffus waren die Wortfetzen, die ihm die Konzentration raubten. Nervig war das, einfach nur nervig.

Dabei hatte er gedacht, dass wenigstens »Stille Nacht« für den Chor ein Signal zum bewussten, andächtigen Singen sein würde, vielleicht sogar so etwas wie richtige Weihnachtsstimmung hervorrufen könnte. Aber diese naive Annahme hätte er sich sparen sollen. Die Möglichkeit, Neuigkeiten auszutauschen, Witzchen zu machen oder sich auf irgendeine Weise vor den attraktivsten der Sängerinnen aufzuspielen, war viel zu verlockend für manche Männer. Und auch die Frauenstimmen schienen alle Vorurteile über weibliche Geschwätzigkeit bestätigen zu wollen. In einer Ecke setzte sich plötzlich eine Gruppe mit »Morgen kommt der Weihnachtsmann« fast gegen diejenigen durch, die sich dann doch um die »Stille Nacht« bemühten. Wenn es ein Kinderchor gewesen wäre, hätte er ja noch Verständnis gehabt. Aber von den vierunddreißig gesetzten Damen und Herren der »Singgemeinschaft Cäcilia von 1910 e.V.«, die er zu dirigieren hatte, durfte man doch etwas mehr Ernsthaftigkeit erwarten – zumal er als ehrenamtlicher Dirigent nun wirklich seit Jahren sein Bestes gab. Am liebsten hätte er die Stimmgabel auf den Boden geworfen und wäre aus dem Raum gestürmt. Aber das Konzert in der katholischen Kirche am Nachmittag des ersten Weihnachtstages war versprochene Sache, und deshalb war das Einzige, was er denken konnte: Ohren zu und durch.

Wie die Chorprobe herumgegangen war, wusste er hinterher nicht mehr. Alle Tricks hatte er angewandt, die er bei den Chorleiterschulungen gelernt und selbst im Laufe der Zeit erprobt hatte: Wechsel der Übungsformen, Einzelstimmproben an einzelnen Melodiepassagen, Atemübungen zwischendurch, laute Ansagen und dann wieder ganz leise, die der Chor erst hören konnte, wenn er selbst ganz still war. Aber genutzt hatte seine ganze Kunst nicht viel.

Als er müde und enttäuscht, aber dann auch wieder froh über das Ende des unseligen Treibens, in einer Ecke des Übungsraums seine Tasche packte und gerade seinem Freund Jörg – einem der wenigen, die ihn unterstützt hatten – ein frohes Fest wünschen wollte, geschah es. Es fühlte sich an, als würde ihm jemand eine Wolldecke über den Kopf werfen oder als presste ihm jemand zwei Federkissen rechts und links gegen die Ohren. Er hörte nichts mehr. Wie mit einem Schlag waren die Gespräche der Altstimmen abgeschnitten, das heisere Lachen der Bässe, die Verabredungen zum Bier hinterher. Nicht mehr zu hören waren die Schritte auf der Treppe, das Quietschen der Drehtür, das Zuschlagen der ersten Autotüren auf dem Parkplatz unten vor der Mehrzweckhalle. Und in dem Augenblick, als er sie nicht mehr hörte, wusste er plötzlich, dass er alle diese Geräusche gehört hatte. Er hatte sie einfach nicht mehr wahrgenommen, hatte sie ausgefiltert. Plötzlich waren sie fort. Mit keinem seiner Sinne mehr zu greifen.

Einige Gesichter um ihn her schauten ihn fragend an, als er die Hände auf die Ohrmuscheln presste und wieder losließ, die Zeigefingerspitzen in die Ohren steckte und hin und her bewegte. Renate aus dem Sopran schien etwas zu ihm zu sagen. Katharina lachte, als ob sie meinte, er schauspielere. Frank, vom Chorvorstand, zeigte auf seine eigenen Ohren und bewegte die Lippen. Er verstand sie alle nicht, und ihre wachsende Neugier war ihm zunehmend peinlich. Dann, als ihm auch noch schwindelig wurde und er mit der Linken

Halt an dem großen dunkelbraunen Notenschrank suchte, war ihm alles gleich. Er sah nur noch, dass die Mienen der anderen immer ratloser und schließlich sehr ernst wurden.

Die Sänger brauchten eine ganze Weile, bis sie ihn auf einen Stuhl gesetzt hatten. Sie boten ihm ein Glas Wasser an, aber er wehrte entrüstet ab. So krank war er nun auch wieder nicht. War er überhaupt krank? Klar – er hatte von Hörstürzen gehört und er wusste, dass sie zum Teil auf Stress zurückzuführen waren. Den hatte er in den letzten Wochen nun wirklich reichlich gehabt: die musikalische Umrahmung der Weihnachtsfeier von Kulturverein und Volkshochschule und das große Adventskonzert mit dem Schulorchester in der Stadthalle. Immer war er bis an die Grenzen seiner Kräfte gegangen, hatte Noten geschrieben, einzeln mit den Männerstimmen geprobt, Programme entworfen und wieder verworfen und schließlich noch die grafische Gestaltung der Einladungsplakate überwacht. Fast beiläufig hatte er das eigene Weihnachtsfest seiner Familie vorbereitet, und da gab es immer noch das eine oder andere Geschenk in seinem Notizbuch, das er bis jetzt noch nicht hatte kaufen können. Aber dass er wirklich krank war, wollte ihm nicht in den Kopf.

Schließlich ließ er sich dann doch von zwei stämmigen Bässen unterhaken, aus dem Probenraum führen und nach unten auf die Straße begleiten, wohin man bereits ein Taxi bestellt hatte. Keinen Laut bekam er mit – nicht das Öffnen, nicht das Zuschlagen der Türen, nicht das Zuschnappen des Sicherheitsgurtes, nicht das Starten des Motors. Eine Weile fragte er sich, wohin der Wagen überhaupt fuhr, und wehrte sich gegen den Gedanken solcher Fremdbestimmung, aber beim Durchfahren der Schranke vor dem Klinikgelände ergab er sich fast dankbar in sein Schicksal.

War das die Ruhe, die er sich den ganzen Abend gewünscht hatte? Unwillkürlich fragte er sich das wenig später in seinem Bett in Zimmer 322. War das die berühmte Weihnachtsstille? Nein, so konkret hatte er das natürlich nicht gemeint. Denn hören wollte er doch etwas von Weihnachten – die Karten für Händels *Messias* lagen schon zu Hause in der Schreibtischschublade. Hören wollte er die

Lieder aus den Lautsprechern in den Läden, das Glockengeläut von den Kirchtürmen, das Singen in der Kirche und das, was die Engel den Hirten in der Weihnachtsgeschichte verkündigten. Hören wollte er doch das Knistern beim Auspacken der Geschenke, das erstaunte »Woher wusstest du, dass ich mir das wünsche?« seiner Frau oder das erhoffte »Dankeschön, Papa!« der Kinder. Sollte der Hörsturz das alles verstummen lassen? Nein, so wörtlich war das mit der Stillen Nacht und dem »Ohren zu« nun wirklich nicht gemeint gewesen.

Die Infusion tropfte leise vor sich hin. Der Arzt hatte ihm freundlicherweise eine Erklärung dazu aufgeschrieben: »Es ist gut, dass Sie sofort in die Klinik gekommen sind. Wir versuchen, Ihre sehr ernst zu nehmende beidseitige Ertaubung mit durchblutungsfördernden Mitteln und Kortison zu behandeln. Es ist wichtig, dass die Infusion nicht unterbrochen wird. Das bringt die besten Heilungschancen.« Ob es überhaupt eine Heilung geben würde?

Der Bettnachbar erhob sich halb aus den

Kissen und sagte etwas zu ihm. Dann sagte er es anscheinend noch einmal lauter, denn sein Gesichtsausdruck war noch etwas engagierter. Als ob er vergessen hätte, dass bei vollständiger Taubheit auch die Lautstärke nichts nützt. Dafür nahmen die Augen nun mehr wahr – die abgeschabten Seitenteile des Klinikbetts, die frischen Blumen, die seine Frau ihm gleich bei ihrem ersten Besuch mitgebracht hatte, und die verblichenen Drucke von expressionistischen Gartenlandschaften an der Wand, die wohl einmal die Stimmung der Patienten heben sollten, aber ihn jetzt eher deprimierten. Dass um das sparsame Adventsgesteck auf dem viereckigen Tisch des Krankenzimmers inzwischen vierunddreißig Tannennadeln lagen, sahen seine Augen ebenso gestochen scharf wie die Unterüberschriften der Zeitung in den Händen seines Nachbarn.

Viel klarer sah auch sein inneres Auge auf manche Selbstverständlichkeiten seines bisherigen Lebens. Hätte er überhaupt eine klare Vorstellung von Weihnachten, wenn er von Geburt an taub gewesen wäre, wenn da diese viele Jahre lang gehörten Geräusche nicht gewesen wären – kein Knistern der Kerzen am Weihnachtsbaum, keine verheißungsvoll brutzelnde Gans im Ofen, keine stimmungsvollen Lieder vor bayerischer Bergdorfkulisse im Fernsehen? Wäre denn unter diesen Umständen der Heilige Abend überhaupt ein Tag, der die Bezeichnung »Fest« verdiente?

Mehr um sich abzulenken, aber dann auch aus einem nostalgischen Gefühl heraus, nahm er die kleine Bibel vom Nachttisch, die er bei seiner Ankunft in der Schublade vorgefunden hatte, und begann die Weihnachtsgeschichte zu suchen. Das Buch fühlte sich an wie jedes andere Buch, aber doch war das Lesen anders als sonst, denn ihm fehlte das Rascheln der Seiten beim Umblättern. Es dauerte eine Weile, bis er auf einer Seite mit der Überschrift »Lukas« die vertrauten Worte gefunden hatte: »Es begab sich aber zu der Zeit ...« Ganz anders las sich der Satz von der »Freude, die allem Volke widerfahren wird« in seiner Situation. Dieser Satz war wohl nichts für jemanden, dem gerade die Fähigkeit zum Hören abhanden gekommen war. Aber obwohl die Engel und die Hirten in der Geschichte viel miteinander redeten – und damit irgendwie die Gehörlosen ausschlossen – gab es doch auch viel zu sehen in der Heiligen Nacht. Schließlich forderte der Engel die verängstigten Männer bei den Schafen auf: »Siehe!«

Aber in einem Satz ganz zum Schluss – sicher viele Male gehört, doch bisher wohl nie begriffen – fand er seine Situation am besten beschrieben: »Maria aber behielt alle diese Worte und bewegte sie in ihrem Herzen.« Wieso hatte er das noch nie so verstanden wie heute? War er für diesen Satz all die Jahre hindurch taub gewesen? Wenn das sein Weihnachtserlebnis sein könnte! Vielleicht nicht mehr äußerlich das zu hören, was er so viele Jahre seines Lebens gehört hatte, aber dieses Geschehen ganz intensiv im Inneren zu erleben. Nicht nach dem zweiten Feiertag das »Gloria in excelsis« wieder auszublenden, weil es von anderen Geräuschen überlagert wurde. Nicht das Fest an einer Jahreszeit festzumachen, sondern die Nachricht von Gottes Ankunft auf der Erde tief innen mit in die Winterstunden, die Frühlingstage, die Sommerwochen und die Herbstmonate zu tragen.

Nicht eine Einmalinjektion am Jahresende zu bekommen, sondern eine stetige Infusion an jedem Tag des Jahres, die seine Seele heilte. Und nicht einfach alles als kulturelles Gepäck mitzuschleppen, sondern es im Herzen zu bewegen.

Als er aufwachte, musste er sich in der Wirklichkeit des Krankenzimmers erst einmal zurechtfinden. Ja, er lag tatsächlich hier, und heute war Heiliger Abend. Die Tropfen fielen immer noch stetig in das Plastikröhrchen unterhalb der Infusionsflasche. Durch die zugezogenen dunkelgrünen Vorhänge ließ sich die Morgendämmerung erahnen. Die Tür ging auf. Eine stämmige junge Schwester, die er bisher noch nicht gesehen hatte, trat mit einem Blutdruckmessgerät in der linken Hand und einem Schreibbrett unter dem Arm an sein Bett. Sie hatte lange, blonde, in einen Pferdeschwanz mündende Haare und bewegte sich trotz der frühen Stunde mit munteren Schritten auf ihn zu. Ihre Augen prüften die Infusion, und dann kontrollierte ihre rechte Hand die Tropfgeschwindigkeit am Einstellrad.

Nach einem Blick auf seine bisherigen Daten schaute sie ihn an und sagte: »So, ich werde Ihnen jetzt mal den Blutdruck messen. Nachher kommt der Stationsarzt und entscheidet, welche Medikamente Sie heute noch bekommen. Und dann wollen wir mal hoffen, dass Sie schon bald wieder etwas hören können.«

»Ja, das hoffe ich auch«, sagte er.

Verrückt

Verrückt – einfach verrückt hatte sie den Weihnachtsbaum. Ohne ihn zu fragen. Hatte ihn von seinem angestammten Platz in der rechten hinteren Zimmerecke vor das Fenster gerückt, genau dahin, wo er den Blick auf den am Heiligen Abend angestrahlten Kirchturm von St. Stephan verdeckte. Als ob sie nicht wusste, wie sehr er diesen Blick liebte – genau wie die anderen kleinen Rituale, die sich im Laufe eines Lebens um Festtage ranken. Es waren ja nicht nur die Weihnachtseinkäufe, die Christstollen, die Zimtsterne und die Kerzen der Adventszeit; es waren die Erinnerungen an die vielen Jahre, in denen das Weihnachtsfest so abgelaufen war, in denen der Baumschmuck seiner Großeltern genauso zu Ehren gekommen war wie das Singen der traditionellen Weihnachtslieder vor der Bescherung.

Aber es war ja nicht nur der von seinem Platz verrückte Weihnachtsbaum, der ihn ärgerte. Auch die alte Weihnachtskrippe stand heute nicht da. Stattdessen standen auf dem kleinen Ecktisch mit der Spitzendecke diese hässlichen Krippenfiguren, geschnitzt von Leprakranken in Liberia, die sie vor zwei Jahren auf einem Basar erstanden und gegen die er sich zwei Weihnachten lang gewehrt hatte. Daran war nichts Schönes, nichts Erbauliches – keine Spur von gemütlicher Weihnacht. Das Dach des Stalles war mit Schilf gedeckt und nicht mit richtigen Holzschindeln, und die Krippenfiguren waren noch nicht einmal farbig angemalt, wie er das von der Krippe seiner Eltern gewohnt war. Das Störendste waren die schwarzen Gesichter. Es war doch auf jeder Weihnachtskarte zu sehen, dass damals alle im Stalle – außer dem einen König – weiß waren. Schon beim Aufschließen der Wohnungstür hatte er durch die offene Wohnzimmertür diese Stümperarbeit gesehen und hatte seine Frau so heftig angeschrien, dass die sich in die Küche zurückgezogen und die Tür zugeworfen hatte.

Verrückt war irgendwie die ganze Welt. Im Geschäft hatten sie heute während der Weihnachtsfeier aus einer Gefühlsduselei heraus die langjährige Praxis über den Haufen geworfen, Geld zu sammeln, das dann irgendwann für einen Betriebsausflug verwendet wurde. Seine Idee war das vor Jahren gewesen, und was hatten sie nicht alles für schöne Unternehmungen mit diesem Geld finanziert. Und immer hatte diese Kasse er verwaltet. Heute war plötzlich dieser junge Mann aus der Software-Abteilung aufgestanden und hatte gesagt, es sei doch vielleicht vernünftiger, an Weihnachten Geld für die Familien der kürzlich entlassenen Mitarbeiter zusammenzulegen. Von wegen Fest der Liebe. Einige hatten sich dieser Meinung angeschlossen, und der Rest hatte geschwiegen. Es war eine Menge zusammengekommen – mehr als sonst –, und doch hatte er sich über diesen Traditionsbruch geärgert.

In einer Welt, in der sich alles so schnell verändert, braucht der Mensch doch ein paar Dinge, die immer gleich bleiben. Für ihn gehörte Weihnachten dazu, und zwar so, wie er es seit vielen Jahren gewohnt war. Nein, das heute war kein richtiger Heiliger Abend. Wütend warf er seine Handschuhe auf den Boden, doch der eine rutschte ihm seitlich aus der Hand und traf genau die Krippe mit dem Kind und die kauernde Maria und den heiligen Josef mit seinem kantigen Gesicht und der fremdartigen afrikanischen Mütze. Mit viel Geklapper warfen die Gestalten einander um, rissen andere mit und verteilten sich auf dem Fußboden. Unwillig zog er den Mantel aus und machte sich auf die Suche nach den verstreuten Figuren. Denn auch wenn er diesen Stall und diese Krippe hässlich fand – auf eine Art hatte er plötzlich das Gefühl, mit dem Handschuh das richtige Kind getroffen zu haben. Und damit etwas, was eigentlich mehr als alles andere zu Weihnachten gehörte.

Wo war die kleine Gestalt nur hingeflogen? Die zwei Schafe und den kleineren Hirten hatte er schnell entdeckt, Josef und Maria standen auch bald wieder auf ihrem Platz, aber das Kind mit dem schwarzen Gesicht blieb verschwunden. Schließlich, auf dem Boden kniend, meinte er es hinter einer Spinnwebe in der äußersten Ecke unter dem schweren Eichenschrank zu sehen, halb verdeckt von einem Bein des Möbelstückes. Allein kam er dort nicht hin. Vielleicht wenn er den Schrank an einer Seite anhob und seine Frau mit einem Besenstiel hinter das Schrankbein stocherte?

Aber zu seiner Frau wollte er jetzt nicht gehen. Nicht nachdem sie ihn so gereizt hatte und nachdem er sich so hatte gehen lassen. Auf der anderen Seite verfestigte sich in ihm das Gefühl, ohne das Kind sei dieser Heilige Abend nicht vollständig. Irgendwie hatte er mitten in die Weihnacht ein Loch gerissen. War vielleicht von allen Verrücktheiten dieses Festes seine eigene die größte?

Und doch dauerte es eine lange Zeit, bis er an die Küchentür klopfte und mit belegter Stimme sagte: »Entschuldige. Ich habe mich dumm benommen. Hilfst du mir, das Kind zu finden?«

Weihnachtskonzert

Wunderbar. Einfach wunderbar, in diesem Zug zu sitzen – auch wenn er heute so hoffnungslos überfüllt ist wie an keinem anderen Tag des Jahres. Der Sonntag vor dem Montag, auf den in diesem Jahr der Heilige Abend fällt, ist anscheinend für alle Menschen dieses Landes der Tag, an dem sie heim zur Familie fahren. Auch Barbara, vor Jahren beruflich in Saarbrücken gelandet, zieht es nach Hause – allerdings nicht nur aus familiären Gründen. Sie hat noch ein ganz anderes Ziel, auf das sie auch zusteuern würde, wenn es sich nicht in ihrer Heimatstadt Frankfurt befände.

Es ist das Weihnachtskonzert in der Alten Oper, das dieses Jahr eine Sensation bietet. Marie-Josephine Pascal aus Paris wird einen Tag vor Heiligabend Bachs Goldberg-Variationen spielen. Die große alte Dame des Pianos wird endlich, nach vielen Jahren, wieder konzertieren. Jahr für Jahr hat man es in den Feuilletons gelesen, dass sie alle hoch dotierten Angebote zu öffentlichen Auftritten ablehnte. Aber nach vielen vergeblichen Hoffnungen und Ankündigungen soll es dieses Jahr wohl Wirklichkeit werden. In kürzester Zeit waren vor ein paar Wochen die Karten im örtlichen Vorverkauf und über das Internet vergriffen, und Barbara schätzt sich glücklich, gleich nach Bekanntwerden der Sensation eine ergattert zu haben. Sicher sind die Goldberg-Variationen, entstanden als Auftragskomposition zur Unterhaltung eines schlaflosen Grafen, nicht ein typisch weihnachtliches Programm, und eigentlich sind sie für den riesigen Saal der Alten Oper viel zu intim, aber das ist zweitrangig – wenn nur Madame Pascal sie spielt.

Marie-Josephine Pascal ist ihr ein Begriff, seit ihre Klavierlehrerin ihr damals eine CD mitgab, auf der Schumanns *Album für die Jugend* in einer Aufnahme von Madame Pascal zu hören war. Danach hatte sie von ihrem Taschengeld eine CD nach der anderen erstanden. Alle waren ohne Bild der Künstlerin. Immer hieß es, dass sie eine sehr zurückgezogene Person sei, die nur in Ausnahmefällen öffentlich auftrete. Wenige Menschen waren überhaupt im Besitz von Bildern – und diese stammten alle aus früheren Jahren. Inzwischen musste Madame Pascal steinalt sein.

So alt vielleicht wie die kleine, silberhaarige Dame in dem dunkelgrünen Wollkleid, die schräg gegenüber von ihr im Abteil sitzt. Als vorhin der Zugschaffner kam, um die Fahrkarten zu kontrollieren, fragte er: »Warum sitzen Sie nicht in der ersten Klasse? Sie haben doch einen entsprechenden Fahrschein, und Sie haben sogar eine Platzreservierung.« Als sie nichts erwiderte, sondern ihn nur aus ihren dunklen Augen ratlos anschaute, fuhr er fort: »Naja, heute ist wohl alles ein bisschen irregulär. Wie immer an Weihnachten: Kein Raum in der Herberge. Wahrscheinlich hat es sich irgendjemand auf Ihrem Sitzplatz bequem gemacht. Aber wenn Sie es wünschen, verschaffe ich Ihnen Ihren reservierten Sitzplatz.« Sie schaute ihn weiter an, als verstünde sie nicht alles, was er sagte, und schließlich gab er auf. »Gut, Sie sitzen ja wenigstens im Abteil und müssen nicht herumstehen wie die Leute auf dem Gang.«

Barbara hat die einseitige Unterhaltung aus dem Augenwinkel mitverfolgt. In der Sonntagszeitung, die sie sich noch am Bahnhof gekauft hat, liest sie gerade einen Artikel über die Bedeutung des Weihnachtsfestes. In einer Studie wurde festgestellt, dass die überwiegende Mehrheit der Jugendlichen wenig oder keine Ahnung davon hat, worum es sich bei Weihnachten überhaupt handelt. Am meisten amüsiert sie die Aussage eines Zwölfjährigen, dass man Weihnachten wohl zum Gedenken an den Tod des Weihnachtsmannes feiert. Der Artikel selbst mokiert sich nicht nur über das religiöse Analphabetentum der jungen Generation, sondern bietet auch in einer von Tannenzweigen umrandeten Spalte die Weihnachtsgeschichte aus dem Lukas-Evangelium und dazu noch den Bericht über die Reise der Weisen aus dem Matthäus-Evangelium – anscheinend als eine Art kulturelle Entwicklungshilfe.

Barbara liest die Geschichten gleich zweimal, liest von dem Paar, das auf der Reise in die Heimat keinen Platz in der Herberge findet, liest von den Hirten und ihrem Erschrecken und von dem Kind in der Krippe, dem niemand zutraute, der Sohn des Höchsten zu sein. Und dann noch von den Weisen, die Gold, Weihrauch und Myrrhe brachten. Heute, in der Enge dieses Zugabteils, berührt sie der Text ganz anders als bei früheren Weihnachtsfesten, an denen die Worte und Lieder der Engel durch die Weite des dunklen Doms hallten und irgendwo hinter den Säulen verklangen. Die alte Dame von gegenüber hat währenddessen die Augen geschlossen, scheint zu schlafen, bewegt aber von Zeit zu Zeit die Finger der rechten Hand rhythmisch auf ihrer beigen Handtasche.

Nach der langen Reise ist Barbara froh, als der Zug endlich in den Frankfurter Hauptbahnhof einfährt. Die alte Dame schreckt beim gedämpften Kreischen der Bremsen auf und fasst ihre Handtasche fester. Sie nickt dankend mit dem Kopf, als ihre junge Nachbarin ihr den kleinen Koffer aus der Gepäckablage holt, und dann ist sie im Gewühl des Abteilgangs verschwunden, während Barbara sich um ihre eigene Reisetasche und den Rucksack kümmert. Schade – sie hatte eigentlich weitere Hilfe anbieten wollen, aber andererseits kann sie sich so gleich auf den Weg nach Hause zu ihren Eltern machen. Ein paar Stunden will sie noch mit ihnen reden, Kaffee trinken und Pläne für die Weihnachtsfeiertage schmieden, ehe sie zum Konzert aufbricht.

Am Abend dann sitzt sie – vorletzte Reihe, Rang – in der Alten Oper und schaut hinunter auf die dunkle leere Bühne, auf der nur der mächtige Flügel steht. In ihrer linken Jackentasche spürt sie den Flakon mit dem edlen Duft aus der Parfümerie, in der sie arbeitet. Sie hat ihn in demselben Goldpapier verpackt, das sie in diesem Jahr viele Male verwendet haben. Irgendwie hatte sie das dringende Bedürfnis, dieser wunderbaren Pianistin etwas zu schenken, so wie sie es oft in Konzerten beobachtet hatte. Da waren Menschen aus dem Publikum nach vorn zur Bühne gegangen und hatten große Sträuße oder kleine Päckchen auf den Bühnenrand gelegt, manchmal auch nur eine einzige Blume. Vielen hatte man angesehen, dass sie, ohne sich dadurch irgendwelche Privataudienzen zu erkaufen, einfach nur Danke sagen wollten für das wunderbare Geschenk der Musik. Diesmal will sie es genauso halten, will der Meisterin danken für die Kraft, die aus ihrem Spiel in Barbaras Leben geströmt ist. Ob Marie Pascal überhaupt ein solches Parfüm mag? Egal, es ist dasjenige, das Barbara selbst am meisten liebt, und das Beste möchte sie dieser Frau schenken.

In den vordersten Reihen regt sich etwas. Vereinzeltes Klatschen der besser Platzierten deutet an, dass man durch die offene Tür schon etwas gesehen hat. Und dann kommt sie auf die Bühne, unter dem zu einem mächtigen Rauschen anschwellenden Applaus, und geht auf den Flügel zu – eine kleine, fast zerbrechliche Gestalt in einem dunkelgrünen Wollkleid mit einer beigen Handtasche. Zweimal, dreimal, ein Dutzend Mal muss Barbara hinschauen: Es ist tatsächlich ihre silberhaarige Abteilnachbarin aus dem überfüllten Zug. Die Handtasche bekommt ihren Platz neben dem Klavierstuhl, und mit einem leichten Neigen ihres Kopfes wendet sich die Pianistin zuerst ihrem Publikum und dann den Tasten zu.

Die ersten Töne erklingen – nicht tastend oder zögernd, sondern mit Bestimmtheit und einer ruhigen Selbstverständlichkeit – und lassen Barbara denken: »Und ich habe nicht gemerkt, wer da zum Greifen nahe in meinem Abteil gesessen hat ... Wie gut, dass in der ersten Klasse kein Platz mehr war und dass sie deshalb die ganze Zeit in meiner Nähe gesessen hat.« Die erste Aria ist vorbei, Polonaise, Sinfonia und Canon und alle anderen der dreißig Variationen werden folgen, bis endlich die Wiederholung der Aria einen unendlichen schöpferischen Reichtum noch einmal in der kleinen musikalischen Form von 32 Takten zusammenfassen wird.

Während unten auf der Bühne Bachs Komposition für den jungen Johann Gottlieb Theophilus Goldberg tatsächlich Stück für Stück zu einem Berg von goldenen Tönen anwächst, sinkt in Barbara der unglaubliche Stress der letzten Wochen in sich zusammen, der Ärger über unverschämte Kunden, die Scham über ihre eigene Ungeduld. Welten von ungeahnten Möglichkeiten des Lebens öffnen sich in ihr, setzen Hoffnungen frei, wecken

Gefühle der Ehrfurcht und gleichzeitig der Zärtlichkeit. Sie spürt es: Sie wird nach dem Konzert, vor der ersten Zugabe, nach vorn gehen und Marie-Josephine Pascal ihr Geschenk und ihre Überraschung und ihre Dankbarkeit überreichen. Vielleicht sogar so etwas wie ihre Liebe.

Ist das der letzte Ton gewesen? Sind die eineinhalb Stunden wirklich schon vorbei? Sie weiß nicht, wie es geschieht, aber auf einmal steht sie vorn am Rand der Bühne. Und während der Applaus hinter ihr seinem Höhepunkt zustrebt, hat sie nur noch Augen für die Meisterin, die sich beim Verbeugen anscheinend zu niemand anderem als zu ihr heruntergeigt. Als gäbe es jetzt nichts anderes auf der Welt zu tun, greift Barbara in ihre linke Jackentasche und legt der kleinen Gestalt ihr Herz zu Füßen.

Einmal Bacchusplatz und zurück

Er konnte an nichts anderes mehr denken. Dass es im Treppenhaus nach Knoblauch roch und dass die Werbungsausträger mal wieder zu faul gewesen waren, die bunte Geschenkreklame ordentlich in die Briefkästen zu stecken – er bemerkte es nicht. Nur die eine Frage beschäftigte ihn: Würde er einen Brief vorfinden? Hatte sie ihm geschrieben? Dieser Wunsch blendete alles andere aus an diesem Heiligen Abend.

Nein, der Briefkasten war leer. Es half auch nichts, dass er die Klappe noch einmal öffnete, um sicherzugehen. Mit schweren Schritten machte er sich auf den Weg nach oben. Der Knoblauchgeruch kam aus der Wohnung rechts im zweiten Stock. Wahrscheinlich kochte Familie Agostini wieder ihre Spaghetti »Aglio e Olio«, zu denen sie ihn neulich einmal eingeladen hatte. Es hatte ungeheuer gut geschmeckt, aber er hatte sich innerhalb dieser vor Leben und Liebe dampfenden Familie als

Fremdkörper gefühlt. Sie hatten kein Wort über Marlene gesagt – auch nicht über Jana –, aber unausgesprochen hatte die Frage im Raum gehangen, warum alles so kommen musste.

Grübelnd stieg er weiter in den dritten Stock bis vor seine Wohnungstür. Auch hier keine Nachricht von ihr. Manchmal hinterließ ja der Postbote, wenn er ein Einschreiben brachte und niemanden antraf, eine Karte an der Tür. Aber das war wohl mal wieder ein unrealistischer Wunsch gewesen. Auch zu Weihnachten kein Lebenszeichen vom Kind (trotz ihrer 26 Jahre nannte er sie in Gedanken immer noch Kind). Er schloss die Tür auf und sah mit einem Blick, dass sich nichts geändert hatte, seit er heute Morgen aus dem Haus gegangen war. Der Tannenzweig, den er aus purer Nostalgie an die Lampe im Flur gehängt hatte (Marlene hatte das viele Jahre lang immer am ersten Advent getan), hatte ein paar Nadeln verloren. Das war alles. Er bückte sich und hob sie auf.

Die Uhr zeigte zwei Minuten nach halb vier. Warum musste er immer auf die Uhr über der Wohnungstür schauen, sobald er den Flur betrat? Vielleicht, weil er als Busfahrer so viele Jahre mit dem Gebot von Stunden und Minuten, mit der Pünktlichkeit zum Dienstantritt und mit dem punktgenauen Eintreffen an den Haltestellen hatte leben müssen. Aber jetzt, in seinem vorzeitigen Ruhestand, konnte die Uhr ihm eigentlich egal sein. Auf ihn wartete niemand, und er selbst wartete nur auf die Post.

Vor drei Jahren war sein Leben durcheinandergeraten. Woran hatte es gelegen? Waren es die vielen ermüdenden Jahre gewesen, in denen er Marlene hatte pflegen müssen? Mit Sicherheit hatte ihre Krankheit etwas damit zu tun: erst das Erschrecken über die Diagnose, dann die zahllosen Gespräche mit den Freunden, den Ärzten, den Nachbarn. Dann die Hoffnung, dass die neuen Medikamente anschlagen würden und alles wieder besser werden würde, und schließlich die Aussicht, dass es keine Aussicht gab als ein langes Siechtum. Das große Bild war es aber gar nicht, was ihn mürbe gemacht hatte – es war eher der immer gleiche Anblick ihrer einsamen Augen, die sagten: Du kannst meine Situation ja doch nicht verstehen; der traurigen Augen, die ihn mit ihrer Hoffnungslosigkeit ansteckten; der vorwurfsvollen Augen, wenn er einmal Überstunden hatte machen müssen. Alles das hatte ihm zugesetzt, und auch wenn er – das bestätigten ihm die Nachbarn und die Freunde – ein aufopferungsvoller Pfleger war, war er immer müder geworden.

Dann war da jeden Morgen diese junge Frau gewesen, die auf seiner Frühstrecke – einmal Bacchusplatz und zurück – an der Haltestelle Fernerstraße in den Bus stieg, als wäre er der Transporter zum großen Glück. Immer hatte sie gelächelt, hatte Lebensfreude ausgestrahlt und hatte ihm das Gefühl gegeben, er sei der Grund für ihr Wohlbefinden. Nach ein paar Wochen schon hatte er auf diesen Blickkontakt gewartet, wenn er sich der Haltestelle näherte. Und nach zwei Monaten war sie ihm so vertraut, dass er auch zu Hause immer an sie denken musste. Besonders wenn Marlene ihn mit ihren matten Augen deprimierte und ihn subtil unter Druck setzte: »Ich muss nachher mal versuchen, aufzustehen und die Blumen auf dem Balkon zu gießen. Du sollst auch einmal ausruhen können.«

Es war an einem Frühlingstag gewesen, an dem der Duft der Lindenblüten entlang der Straße ihm fast den Verstand raubte. 7 Uhr 12 hielt er wieder an der Fernerstraße, und sie stieg ein. Ein lachsfarbenes Kleid hatte sie an, und ihre Schuhe waren aus schwarzem geflochtenem Leder. »Sehen Sie heute wieder gut aus!« Es war ihm einfach so rausgerutscht, aber es schien ihr zu gefallen. »Ja, wenn man jeden Morgen von einem solchen Mann chauffiert wird, macht man sich halt besonders nett zurecht.«

Viel mehr war an diesem Tag nicht passiert, aber im Laufe der nächsten Wochen wurden die ausgetauschten Freundlichkeiten immer vertraulicher, und irgendwann hatte er sich mit ihr auf einen Kaffee nach Dienstschluss und ein paar Tage später zum Abendessen verabredet. Aus dem Abendessen wurde im Lauf der Zeit immer mehr, und aus seiner Zuneigung wurde etwas, was er irgendwann dann Liebe nannte und was ein Außenstehender gut und gern als Hörigkeit bezeichnet hätte. Irgendwann war es dann so weit gewesen: Er war zu Britta gezogen und hatte seine kranke Frau und sein ganzes krankes Leben hinter sich gelassen. Die Szene, die Jana ihm gemacht hatte, war heftig gewesen, und an das letzte Gespräch mit Marlene mochte er gar nicht mehr denken.

Die Liebe zu Britta hatte nicht lange gehalten. Sie war zu anstrengend für ihn, zu positiv und immer voller Pläne. Das hatte zwar aus der Entfernung für einen an das Krankenbett seiner Frau gefesselten Mann sehr verlockend ausgesehen, aber aus der Nähe merkte er, dass er ihrer Energie und ihrer ständig guten Laune nicht gewachsen war. Vor allem ihren Humor hatte er wohl zunächst falsch eingeschätzt. Was sich zuerst wie ein Feuerwerk geistvoller Scherze angehört hatte, klang im Laufe der Zeit immer hohler und flacher, und wenn er nicht gleich lachte, reagierte sie merkwürdig gereizt. Bald schon sehnte er sich – er glaubte es selber kaum – nach den stillen Abenden an Marlenes Bett.

Doch als er dann bei Britta wieder auszog und nach Hause kam, sah er, was er angerichtet hatte. Seine Frau war nur noch ein Schatten ihrer selbst, und auch ein Laie wie er konnte sehen, dass sie nicht mehr lange leben würde. Sein Auszug hatte ihr anscheinend den letzten Lebensmut geraubt, und als der Kopf aufgegeben hatte, folgte der Körper ohne langes Zögern. Ein halbes Jahr später trug er sie zu Grabe. Jana redete nicht mehr mit ihm – nur den einen Satz: »Du hast sie auf dem Gewissen.« Sofort nach der Beerdigung zog sie aus. Wohin, sagte sie nicht, ließ sich auch nicht von ihm beim Umzug helfen – das taten ein paar ihrer Arbeitskollegen. Als sie in den Kleintransporter stieg, sprach sie kein Wort des Abschieds, drehte sich noch nicht einmal um. Zurück blieb er. Und von da an war er allein.

Wie oft hatte er sich gewünscht, er könnte alles ungeschehen machen. Wie oft hatte er den Himmel um Vergebung für das gebeten, was er getan hatte. Doch der Himmel schien nicht zu antworten – genauso wenig wie seine Tochter. Auch als er herausbekommen hatte, wo sie wohnte, bekam er keinen Kontakt zu ihr. Seine Anrufe wurden immer von einer Freundin beantwortet, die ihm zu verstehen gab, Jana sei für ihn nicht zu sprechen. So depressiv wurde er im Lauf der Zeit, dass ihn seine Dienststelle schließlich für auf Dauer arbeitsunfähig hielt. Nun saß er zu Hause und hatte alles verloren: Frau, Kind und Arbeit.

Monat für Monat hatte er versucht, mit der verlorenen Tochter Kontakt aufzunehmen, hatte ihr Geld geschickt – vielleicht aus einem gewohnten Gefühl der Fürsorge heraus, aber eigentlich eher als immer neuer Versuch der Wiedergutmachung. Seine Päckchen, seine Briefe waren kleine Bußrituale, die ein großes Unrecht aus der Welt schaffen wollten. Vergeblich. Natürlich war es irrational, Geldscheine in Umschläge zu stecken und zu hoffen, dass er sie damit zu einer Antwort verlocken oder sogar ihre Liebe zurückkaufen konnte. Immer mehr Geld hatte er geschickt – viel mehr, als er sich leisten durfte. Sogar ein Darlehen hatte er aufgenommen, dessen Rückzahlung ihn jetzt als Rentner in ernsthafte Schwierigkeiten brachte. Es war zum Verzweifeln. Sich selbst – so fühlte er – würde er erst vergeben können, wenn sie ihm vergab. Und erst, wenn sie ihm vergab, wollte er auch glauben, dass der Himmel ihm vergeben hatte.

Auch heute, am Heiligen Abend, konnte er an nichts anderes denken als an diese übermächtige Sehnsucht nach einem Lebenszeichen, einer kleinen Nachricht. Aus dem Radio plätscherten die alten Weihnachtslieder, die er irgendwann nicht mehr ertragen konnte. Mitten in »Ihr Kinderlein kommet« schaltete er ab. Als er sich gerade das letzte Bier aus dem Kühlschrank öffnete, klingelte es. Etwas irritiert stellte er die Flasche auf den Küchentisch. Wer wollte ihn jetzt aus seinen Gedanken reißen? Die Agostinis? Mehnhardt, der Nachbar vom selben Stock? Hatte jemand aus dem Haus in seiner Abwesenheit eine Paketsendung angenommen – ein Paket vom Kind? Nein – sicher nicht. Er hatte sich das so oft gewünscht und war so oft enttäuscht worden, dass er sich diesen Gedanken sofort wieder aus dem Kopf schlug.

Keine Maria Agostini stand vor der Tür,

kein Carl Mehnhardt. Vor ihm stand Jana – nicht direkt vor ihm, sondern drüben am Treppengeländer. Sie hatte längere Haare als früher, war völlig ungeschminkt, aber gerade deshalb schöner, als er sie in Erinnerung hatte. Jeans und eine knallrote Jacke hatte sie an. In der Hand hielt sie einen dicken braunen Briefumschlag.

»Tag, Papa. Ich wünsch dir frohe Weihnachten. Ich hatte sowieso hier in der Nähe zu tun, und da wollte ich einfach vorbeischauen. Du hast das nicht erwartet, wahrscheinlich, aber ich hatte das Gefühl, ich sollte dich an diesem Fest besuchen. Ist irgendwie blöd gelaufen mit uns in den letzten zwei Jahren. Am Anfang warst du für mich total gestorben. Ich habe eine riesige Wut gehabt, wenn ich darüber nachdachte, was du Mama angetan hast. Kannst du sicher verstehen. Aber jetzt können wir ja vielleicht mal darüber reden, wenn du Zeit hast. In diesem Umschlag sind übrigens die vielen Briefe mit dem Geld, das du mir geschickt hast. Du wirst es nötiger brauchen als ich.«

Einen langen Augenblick lang stand Hartmut wie angenagelt in der Tür. Stumm. Hilflos. Er nahm nicht den Knoblauchgeruch wahr, in den sich inzwischen von irgendwoher der Duft von frisch gebackenen Weihnachtskeksen mischte. Er hörte nicht das Klirren im Stockwerk unter ihm, wo anscheinend ein Teller zu Boden gefallen war und eine sarkastische Stimme »Schöne Bescherung« rief. Er sah nicht die ausgetretenen Schuhe von Mehnhardt vor der gegenüberliegenden Tür und nicht den kleinen grinsenden Weihnachtsmann über dem Klingelknopf. Er sah nur das Kind, sah nur Jana, die da vor ihm stand und auf seine Antwort wartete. Aber er brachte kein Wort heraus, konnte seine Zunge nicht bewegen und auch nicht seine Beine. Erst als sie wieder den Mund öffnete, um etwas zu sagen, überwand er die Starre, ging – immer noch sprachlos – einen ersten zögernden Schritt auf sie zu. Aber schon der war zu viel für ihn.

Das Treppenhaus drehte sich um ihn – erst langsam, dann etwas schneller und schließlich in einem regelrechten Wirbel. Er wollte sich am Türrahmen festhalten, griff ins Leere, wankte nach vorn, stolperte, fiel. Sie machte ein paar schnelle Schritte auf ihn zu, um ihn aufzufangen, aber da landete er schon unsanft in der Mitte des Flures auf den Knien. Als sie nach seinen Schultern griff, um ihn wenigstens festzuhalten, sahen die Hände der Tochter aus wie die Hände eines Vaters auf den Schultern eines Sohnes. Wie in einem Gemälde von Rembrandt.